三民叢刊134

冬天黃昏的風笛

呂大明著

三民書局印行

我，也是一顆下凡的星……

——冬天黃昏的風笛（代序）

公　仲

她，表達了什麼

美也是一種場景，經常變換；

在霜雪與花崗岸的山林間，紫杉林是另一幅不凋的景象。

灼灼如火一般的紅葉，在十月的季節裡燃燒……

溪邊開遍了野生的仙客來。飛燕草紫中帶藍的色澤和它名字一般浪漫。夏日大麗花在陽光下染上魔幻的色彩。福祿考是一片粉紅細碎的小花，它的法文名字是Phlox

……

造物主賜給我們最好的禮物，

除了人間的至情，還有大自然的美好。

——《美的印象》

我愈走愈遠，看到香橙樹在陽光下閃著金光，看到檸檬花開在有月光的晚上，懸泉飛瀑，海浪奔騰，岩窟奇景……我走過像迷宮似的小胡同，置身於中世紀的迴想中。

我看過青檐細瓦，殿堂輝煌……但不論我到那裡，我是少年的西格佛里，手持一把鑄劍；是情感，也是智慧。

情感與智慧是兩把開啟心靈寶庫的鑰匙，情感是春季的花朵，智慧是秋季的果粒。

——《少年的西格佛里》

每當面對大自然的風景，如在一片廣茫無際的大海邊岸，看飛濤撲岸，海天之間的飛鳥。如在海的穹蒼看到流星掠過天邊，倏忽而逝……看到山峰的鵠立，三生古木或湍流擊石，或聽一片松濤，浪花的嘯吟……常常引起我的深思：在大自然季節的歷史長河，我原只是扮演一個極小的角色，只是一介過河小卒子。「生命」原是稍縱即逝，就是以華壁巨宅為生命的厚殼，也一樣支離破碎，而我是那麼肯定，有某種東西必將自生命的軀殼中脫穎而出，那是智慧與情感熔為一爐的精神世界——千錘百煉的文學作品。

——《千秋業》

你瞧，這些文詞多麼優美，構思多麼精巧，想像多麼豐富，寓意多麼深刻。真如她自己那種奇異的想法：「我，也是下凡的一顆星……」她，確實在上天帶回一枝神來之筆，她說：「我深信筆耕是一種崇高的理想，因為我心服那位傳說被他百姓所放逐的國王；波斯詩人奈尚‧艾‧古斯拉的話：『你的文字是種子，／你的靈魂是農夫，／農夫辛勤的耕耘，園地就出產豐富。』」

呂大明的散文，具有那種女性學者作家所表現出來的典雅、婉約、含蓄、柔美的品格和韻味。寫景抒情，精緻細膩，遣詞造句，溫文爾雅。她善於引經據典，運用古今中外的文人名著典籍，通過儒、道、佛、基督教的中西文化的碰撞交匯，表達出一種至情至愛至美的藝術精義來。但她又不同於當今不少女性作家的那種沈湎在閨閣繡房中的狹窄的纏綿悱惻。她胸懷開闊，眼界高遠，寬宏大量，溫柔敦厚，在她散文所營造的純淨的藝術氛圍裡，往往含蘊著深邃的人生哲理。這不僅讓讀者得到了美的薰陶，而且還能受到思想的啟迪，使作品的境界和品味更高一籌。我想，這大概就是藝術的真諦，藝術的價值所在吧！

表達什麼，與怎樣表達，這實際上仍是多年來討論的方法與目的關係的老問題。我至今仍堅持認為，方法是重要的，絕不可缺的，但目的畢竟才是根本，方法因目的而存在，而才有價值。作為文學藝術，我也仍信奉巴金的話：「藝術的最高境界，是真實，是自然，是無技巧。」當然，這不是說不要技巧，不要考慮「怎樣表達」，而是說，不要本末倒置，不要為技巧而技巧，要順其自然，天然去雕飾，「怎樣表達」，歸根結底，就只是個「達意已矣，又何他求」。過於講究「怎樣表達」，則容易流於形式主義，花樣翻新，花裡胡哨，華而不實。我以為，呂大明散文高超之處，並不在於有多少特別的與眾不同的「怎樣表達」，而還是她表達出來的與眾不同的更精深博大的思想和更美好感人的情懷。

反生命元素

Earth has not anything to show more…

世界再沒有任何事物顯得比這更美……

——華茲華斯

有生命就有衰老、病痛、死亡……，生命的元素中沒有不朽，懷特認為人性必須經歷苦難，才能大徹大悟……艾略特看不到神與不朽，只有看到責任……

但華茲華斯是以另一種心情去看人生，他愛大自然，他愛那些樸素的人，在歌讚大自然山川景物之美的同時，他驚嘆造物者的神奇，他寫下那些淡遠、寧靜、雋永的詩篇，他也創造這樣一位採藥草的老人，與他所持有反生命的元素……反生命元素其實一點也不深奧，依我個人的解釋，那是來自堅定如磐石的宗教信仰，清澄如湖水一般樸素的心靈，同時也是來自知足快樂的心境……像我，我不知道我生命還剩餘多少日子，但每個日子對我來說都是金礦，我要小心去挖掘，小心去利用它，我讀書，我拉手風琴，我看山看水……

——蕾金

呂大明借「蕾金」的話，表達了自己的人生觀、文學觀。她熱愛生活，嚮往大自然，對人生充滿信心和希望。她的文學創作也是以此為基調，表達了對人生、對命運、對大自然的積極樂觀、平和、安祥的態度。她特別欣賞浪漫主義作家，在她散文中經常提及並推崇的有中國的屈原、陶淵明、李白、湯顯祖，外國的歌德、席勒、雨果、喬治桑、雪萊、拜倫、華茲華斯、柯勒律治、拉馬丁、荻金蓀等，這些都屬浪漫主義的作家。以往，人們往往習慣於把歷史上的作為文學藝術思潮流派和創作方法的浪漫主義，按其代表作家在當時的某種政治傾向性來人為地劃分為積極的或消極的浪漫主義，並以此來判斷其藝術價值，給各種作家在文學史上定位。今日看來，這種將一時的政治強加於文學藝術的領域之中，顯然是不公不妥的。比如英國湖畔詩人華茲華斯，人們指摘他晚年的消極不節，然而他仍然在歌頌人生，回歸自然，超脫於世事的紛爭，淨化人們的心靈，以完成道德的圓滿。這難道不是對後人很有積極啟發之處嗎？

可以說，呂大明的散文，屬於浪漫主義的範疇。她的作品充滿了對美好人生理想的憧憬，飽含著濃烈淳厚的思想感情。她的作品富於想像力，她善於把她那對人生、對自然的樂觀信念和超然脫俗的態度，憑藉豐富的想像，在藝術的至情絕美的天地裡，描繪出一幅又一幅精美瑰麗的圖畫。

尤其難能可貴的是，在她不多的散文式的文學評論之中，也體現了她那種積極處世、樂觀自信的健康的人生態度和科學的文學觀念，因而使她對作家和作品能作出較為客觀冷靜、公正不偏的評價來。

就說張愛玲，這位新近孤寂地棄世而去的，曾兩度紅極一時的女作家，對她的評價一直存在著爭議，就是至今也還是難以蓋棺論定。有從某種政治觀念出發，揪住她歷史上的一些問題和個別作品傾向性毛病，一棍打死，說得一無是處的；也有出於某種偏見和癖好，只談文字技巧，「怎樣表達」，不管思想內容，「表達了什麼」，一味吹噓，直捧上了絕代「大師」寶座的。我以為，這都不足取。看來，還是呂大明的評論散文《秋河月冷》客觀、公正。

呂大明運用了比較的方法，主要是以中國的《紅樓夢》和美國作家福克納作為縱橫參照系，選擇了「愛情」、「人生」與「人類價值」兩個「表達了什麼」的角度切入，把張愛玲的作品放置其中來進行對照考察。她並不忽視「怎樣表達」的藝術手法，而且，還作了充分地肯定：

> 無可置疑，張愛玲是一位很特出的小說家，她像福克納那麼會講故事……
>
> 張愛玲一定對古典文學有深入的研讀，在《金鎖記》裡她用的語言就如《紅樓夢》中的語言，她極為講究遣詞用句，雖是小說，並不平鋪直敘。有時以烘托的筆法寫出心靈的剖白，一個來自內心的動作，她會運用文字如操縱電影的鏡頭，她的文筆有一種悱惻悲涼的風格，也都是經過再三推敲，功力托實而深厚，回味無窮。

然而，她也毫不忌諱地指出了張愛玲在「表達了什麼」方面的致命弱點，而且還作了許多鞭辟入裡的精采絕美的剖析。

在表現「愛情」上，她先分析了福克納的《愛彌麗的玫瑰花》，「愛彌麗一生並不堂皇，只有『死』是堂皇的，這裡與張愛玲的看法多麼相像……」愛彌麗死後，在裡屋木床上留著一具男子屍體與一綹鐵灰色的長髮——愛彌麗的髮。這表明「福克納仍然相信有份永恆的愛情，寄託在一個腐朽的軀殼中，而張愛玲筆下並沒有『至情』在」。呂大明還列舉了張愛玲的幾個作品《殷寶灩送花樓會》、《年輕的時候》、《留情》、《花凋》，都印證了她自己的話：「生在這世上，沒有一種感情不是千瘡百孔的……。」最後，呂大明以《紅樓夢》為對比，作了一番極生動又深刻的評判：

《紅樓夢》最後雖是鏡花水月一場，在人生與情感方面都來到「空」的禪境，但寶玉與黛玉的感情是真摯的，地久天長的，從仙草與頑石，到幻化人世後的綿綿情長，直到黛玉死後，寶玉出家……雖是以悲劇結束，這份感情屬於精神的，永恆的，永遠令人感動，張愛玲的愛情觀與她的人生觀一樣悲觀。在《花凋》她又寫著：「……川嫦自己也是這許多可愛的東西之一……然而現在，她自己一寸一寸地死去，可這可愛的世界也一寸寸地死去。凡是她目光所及，手指所觸的，立即死去。她不存在，這些也就不存在。」

《紅樓夢》讀後，我們仍然擁有一種古典悲劇的情緒，一種極崇高的情緒，我們啜飲著智慧之杯，讀到禪的哲理，在張愛玲小說中就沒有「智慧之杯」可供你我啜飲。

在表現「人生」與「人類價值」上，呂大明分析了張愛玲的《金鎖記》裡七巧的死和福克納的《不朽》中彼德之死。七巧背負著三十年來在身上的沈重的黃金枷鎖，她劈殺了幾個他人，也扼死了自己；而彼德是在珍珠港戰役中失蹤的，沒人知道他死在哪裡，可哪裡都可以為他立碑，他無所不在。呂大明說：

在福克納的小說中我們仍然能夠看到生命的曙光，而張愛玲的小說在人生與生命價值方面都是黑暗的、否定的。

在張愛玲小說中，生命是一連串有形與無形的磨難，人性又充滿了愚昧無知，齷齪……懷特認為人生經歷苦難，終有醒悟，張愛玲筆下的人物直到羽毛暗了、霉了、給蟲蛀了，還無法離開悒鬱的紫色屏風上，死沒有「醒悟」。

當然，呂大明對張愛玲的批評是善意的、誠懇的、勸導式的。最後，她說：

人生到底是齷齪的、破碎的，還是一個渾圓？是不是人生有朔風囂鳴的時刻，也有風和日麗的晴朗？一位小說家縱然是機杼之才，在「人生」這個大主題之前，也需要更沈穩更深入的思考。

我看這話，對於所有作家，都是很有啟示的。

——一九九五、十、二十七・南昌大學

冬天黃昏的風笛 目次

2·冬天黃昏的風笛

富豪的寂寞

但住在
物質文明的殿堂裡
並不像住在
思想的象牙塔裡，
那樣富足，
希臘巨富歐納西斯的女兒
克莉斯汀娜，
她富甲一方，
生活卻無比苦悶……

父親來巴黎，我們在瑪德蘭一家優雅的餐廳裡用午餐，一步進餐廳，氣氛就不同，在座的紳士淑女華衣美服，男士西裝畢挺，從衣服的樣式，領帶的構圖就知是出自幾家名店的製品，女士穿著也極考究，如果有一位珠寶專家在場，一定能看出那些在女士身上的佩飾、耳環、手鐲、項鍊都是精雕細琢的上品。

去巴嘉蒂園賞花，那附近是巴黎的貴族區，園中的遊客除了來自遠地的觀光客，衣著較隨便，園中的貴族氣氛令人屏息，似乎是泰思《藝術哲學》（*Philosophy of Art*）所謂十七世紀藝術的再現，他說：

十七世紀，重視繁文縟節，表現優雅貴族化、沙龍的藝術。

巴嘉蒂園就是一座現代貴族的戶外沙龍。

那一位位擦身而過的仕女，都有點像巴嘉蒂園養的孔雀，以華貴的衣飾——就如孔雀披了一身彩羽服，爭奇奪豔！

到巴黎協和廣場五星級旅館去喝茶，踏在名貴的東方地毯上，用的是純銀茶具，聽那位中年女豎琴手彈起名曲，那不是彈給知音聽的三尺瑤琴，倒像是古羅馬時代的宮廷樂師，所有鏗鏘音符都是為宮中貴族而譜的。

富豪們除了有自己華美的居室，他們也經常旅行，在巴黎四星級或五星級有固定的套房，或在風光如畫名勝區的古堡裡住一段時間，這類古代貴族的古堡為了生財有道，許多都改為豪華的旅館，像Chateau De La Commandrie, Chateau Le Motte Honry，套房是帝王的寢宮一般華貴，古色古香的家具，床是路易時代帝王帝后睡的那般有帳幕的，古堡或面對寧靜的原野，或擁有廣大林園可供馳馬，或建在河畔，當夜晚古堡裡亮起輝煌燈火，古堡與河流都鍍上金，住在像宮殿似的居室，喝香檳酒，品味美食，而一擲千金……

但住在物質文明的殿堂裡並不像住在思想的象牙塔裡，那樣富足，希臘巨富歐納西斯的女兒克莉斯汀娜，她富甲一方，生活卻無比苦悶，幾度的婚姻最後都是不歡而散，她經常一整天躺在床上也不梳洗，情緒抑鬱，最後是「死亡」結束這位萬金之女流星似的生命。

住英國伯肯赫德，我喜歡坐短程火車到利物浦阿道夫旅館喝下午茶，我喜歡那種帶著幾分沒落貴族的高貴氣氛，古舊而質地極好的地毯，寬敞的大廳，舒適的老式沙發，純銀的茶具，精緻的點心，而且那位和藹的侍者總是給我一滿壺的牛奶……有一位衣著考究的英國太太也經常來喝下午茶，她十分刻板，總是下午三點鐘準時到達，一分不差，日子久了，除了禮貌寒暄，大家也聊開了，她原是位市長夫人，也是位女律師，已於五年前退休。

「我們並不富有，但在英國西南角我們擁有一幢祖傳的宅第，面對風光奇麗的西南岸海景，經常舉行宴會，經常賓客盈門，在這些客人中許多是當地的企業鉅子與富人，但不久我們就厭倦那樣的社交，倒覺得與幾位志趣相投的友人，或與家人鄰居偶而相聚，那氛圍要自然、溫馨得多……」

「其實富人中有許多是十分寂寞的，我認識一位富婆，她出門一定得帶保鏢，房子裡除了警衛，還養狼犬，參加社交場合總是在心裡披上胄甲，時時提防人，生活過得十分緊張……」

「雖說一般富豪都過著尖端的高物質水平的生活，但也有相當節儉的，有一位古怪的富翁，他買下一幢古堡卻不整修，古堡裡沒有暖氣，交通又不方便，他不用司機，自己開一部老掉牙的名牌汽車，陪伴他的是一條老狗，擺在餐桌上的食物永遠是他吃不厭的洋蔥湯、粗麥麵包、魚、乾酪和蘋果、生菜，冬天壁爐裡總燒柴火取暖，認為暖氣太貴，銀行的存款卻是天文數字……」

當代的富豪其中不乏來自貧苦家庭，經過半生兢兢業業創立了家業，既懂得開展也懂得守成，英國作家亞當・史密斯（Adam Smith）寫了《國富論》（*The Wealth of Nations*）而聲名大噪，這類自創業家的富豪一生奮鬥史都可以寫成一本「家富論」，所不同，史密斯是以國家整體的經濟觀點為出發，是大我而非小我。

但有的富豪純粹是富從天降，承襲祖宗的財富，並非來自苦心經營，雖這麼說，若不懂得守成，偌大的家業也會坐吃山空，以巴黎最富盛名的食品店「福松」為例，女老闆年輕貌美，承襲了祖傳家業，她仍然十分努力，她公開承認，她的壓力很大，面對市場的競爭，財務問題與員工問題，而且產品要精益求精，力求達到凡是「福松」的商標，都是一流的口味。

在世人眼中，富人總是令人又羨慕又嫉妒，瓊斯（Ernest Jones）《勞苦大眾之歌》（*The Song of the Wage Slave*）就強烈反擊富豪，他說陸地和海洋都屬於富人，富豪的子弟才有資格追求藝術，鑽研學問，所有希望大門都是為貴族子弟敞開，只有一顆堅忍的心是屬於勞苦大眾的。

瓊斯是十九世紀的詩人，曾主編《北極星》，年輕時代因為結識馬克思和恩格斯，受到他們思想的影響，詩中就強烈反映勞動階級的情感，在一八四八年到一八五〇年間也由於激烈政治活動而引來牢獄之災，遭到英國當局監禁。

但在今天，瓊斯這種思想已近偏激，也許富豪憑著他的家財物質生活無憂無慮，不愁衣食是事實，若說所有大門都為富豪敞開，勞苦大眾一點希望都沒有也語近荒謬，就以巴黎這座五光十色的大殿堂為例，這裡住著世界最富有的人，包括百萬富翁，世襲斷代的貴族，為逃避政治逼害的王公，紅極一時的演藝人員，也包括最窮苦的大眾，來自北非阿拉伯等國的廉價勞工，搭地鐵、逛公園、進快餐店、到大超級市場購物、吃法國麵包，富有的，貧窮的，沒有顯著階級分別，也許生活的品質不同，但富人絲毫沒有想將窮人踩在腳底下的意思，貧窮的也不自甘輕賤，認為富人是大爺。

其實生活的意義是要不斷去追求，在追求過程中一點一滴實現夢想，這就帶來滿足與喜悅，富豪的物質生活已臻頂峰，華衣、美食、美屋、名車在他們眼中一點也不新奇，而一般樂天知命的哲學又不容易進入富人心中，要他們從零開始已不可能，譬如德國查理五世退隱到塔古斯河谷以北的余斯特修道院，這座修道院是在橡樹與栗樹林裡一處幽靜的小山上，世人以為他返樸歸真，厭倦塵世豪華的生活，想在孤獨中追求樸素的生活與宗教信仰，其實雖名「退隱」，他仍擁有一百五十名隨從，衣櫃裡有貂皮、鳧絨毛，絲綢內以北非大角羊軟毛鑲裡以及天鵝絨長袍共有十六件，他屋內的裝飾包括土耳其地毯，二十五套繡著飛禽走獸與風景的帷幕，都是法蘭德勒的織品，天鵝絨床罩等，他的餐具都是純金的，或特別精巧的工藝品，他愛吃魚，國際大臣們就將政治與御膳烹調術混為一談。

愛默生是超越論（Transcendentalism）的先鋒，他提出一種新思潮，以古代與中國、波斯、印度哲學為基礎，他將自然視為彌撒亞；日常一切美好的事物都能給人啟示，而且未來的世界是另一座伊甸園，無可懷疑愛默生是一位浪漫的樂觀主義者，他將形而上的哲學觀念化為活躍的意象。

讀查爾斯·南姆的《伊利亞散文》（*Essays of Elia*）也含有這種浪漫的樂觀主義，以品味人生的態度，在嚴肅的處世哲學中也不忘遊戲，將閒暇精緻化，日常生活中小小的喜悅都是生的樂趣，而富豪恰巧相反，追求都是驚心動魄的大喜悅，就算有一次又一次的大喜悅，他們也感到味同嚼蠟，最後對人世這繁華之鄉感到厭倦，感到了無趣味，這是富豪最大的悲哀。

英國畫家荷嘉斯（Hogarth）說：

> 我將能在舞臺上演出的劇本安置在畫布上，我也像劇作家表達戲劇的主題，來處理我的畫題，我的畫就是舞臺，畫中出現的人物就是演員。

他畫的《時髦婚姻》這組畫就像一齣戲劇，這組畫諷刺富豪的婚姻，也刻劃富豪生活的悲劇性。

偶而去一次瑪德蘭，去欣賞那些名店櫥窗的擺設，藝術般的巧思匠心，偶而去吃一次「美食」，去聽那位中年女豎琴手彈「名曲」是那麼美好，但如果莎士比亞人生舞臺上的角色能任人選擇，我絕不會選上「富豪」那個悲劇性的角色。

——一九九五、四、十·中央副刊

神仙譚

近晚，
溪谷深壑浮動著
白濛濛的水霧，
竟像清雲翻騰……
夜晚，
月色瀉在窗前，
就如善織的黼黻
在織一匹雪一般
柔亮的紗……

樹的精靈

人有時會願意付出一生漫長的歲月，去換取一個輝煌的季節，像一顆流星迅速燃燒，迅速熄滅。

我來到這座阿爾卑斯山村，已是秋天水急，激波成漣的時季，那早晨的露水都凍結成霜了……

就在這片山野間，我讀到司馬相如縱橫天地今古的筆調，那似乎就是上林苑狩獵的場地，司馬相如說：

背秋涉冬，天子校獵，乘鏤象，六玉虯，拖蜺旌，靡雲旗……

天子行獵乘著六馬駕駛象牙雕琢的車，旌旗似虹霓般飛揚的盛況就寫在這山野間……

鄰居少女佳洛琳告訴我這兒是昔日獵狐狸、獵野兔的場地，但在生態專家的呼籲下，山民就不再狩獵了……

我們租的那座山中小屋隱藏在濃密的樺樹林裡，夕陽落在樺木樹端，像一盞黃金鑄成的吊燈，傍晚佳洛琳與鄰家孩子就來闖門子……

孩子們圍坐在門前的老樺木下……

「每一株樹都住著樹的精靈……」一個孩子告訴我。

「森林裡長遍了鳳尾草和草葉蘭，樹精就在那兒歌舞遊戲，樹精能懂人的語言，當然最懂鳥語……」另一位孩子說。

巉岩、山壁，如藝術塑雕的山花海葵，還有這一片樺樹林，我疑心自己闖入仙景，面對這些山中孩子和他們的仙言仙語，我身旁似乎圍著一群精靈，包括佳洛琳在內。

夜晚是寧靜的，夜霧翻騰，星星在燃燒，也在隕落，世事與人事都歷盡了滄桑，林中鷹鳥在深夜哀鳴，我像一位闖入仙界的凡人，心中依然拂不掉屬於塵世的感傷……

第二個山中的夜晚，孩子們不再對我講樹精的故事，他們嚮往是巴黎、倫敦這些大城……

他們夢想有一節列車，在隆隆吼聲中將他們載向遠方……那大城的車水馬龍，大理石石雕，公園裡的玫瑰花畦，人的喧鬧聲，顫動著時代音符的樂聲，燈光、色彩對山中孩子來說是另一座莫甘娜女仙的空中亭臺樓閣園庭，據說那幻景就是我們所見到的海市蜃樓。

「有一天我會去巴黎，去倫敦……坐在塞納河的遊艇上，或擠在倫敦的人群中，聽西敏寺奏起和諧的鐘聲，看亞歷山大橋倒立在塞納河清流上，或在一家幽暗的馬德里餐館裡聽歌星唱起世紀末粗嘎的音調……」佳洛琳悠悠地說。

嘩啦，嘩啦，樺樹林裡風掃落葉響起樂聲，也許還有夜鳥的哀鳴。

「聽！是樹的精靈在歌唱……」孩子們瞪著星星一般閃亮的眼睛對我說。

百合

那不是李白筆下的飛流；瀑布，但那高高的浪花仍然讓人聯想李白詩眼所見墮落九重天的銀河，不過描寫浪花，寫得氣勢磅礴，寫得最傳神要數枚乘了，枚乘以一句「白鷺下翔」寫出文采斐然……

百合就住在布列塔尼的海鄉 Erqur，人人以「婆婆」稱呼她，她的年紀已列入仙齡，中國人所謂的松鶴之年。

百合的房子像座石砌的堡壘，門前長蘿飛莖，纏滿了葛藤，野薔薇藤，草地上不是鋪著像天鵝絨地毯一般的綠茵，而是開遍 Erqur 當地產的野蘭花……

「這原是一片野地，我買下這片地就是看上這片野蘭花，建造這座房子，我特別囑咐建築工人保留這片野蘭花……」

三隻小貓蜷縮在沙發上，烤爐裡散發烤松子餅的香味，已屆仙齡的百合做起家事依舊麻利，壁紙採用竟是玫瑰底色，擦得像一面鏡子的黃銅廚具，客廳櫃子的兩扇門雕刻古代貴族生活狩獵的圖案，百合將這櫃子當成百寶箱，裡面收藏她大學時代論文的手稿，許多花的球根，父親留下來的勳章綬帶……這些收藏物與百合本人一樣，全呈現褪了色歲月的痕跡。

夜裡，我們坐在百合的園中看星星，吃著她烤的松子餅，也有酒盈罇……

「在宇宙幾百萬行星中，科學家認為一定會有類似地球上一樣的生命存在，有些是在原始階段，有些也許遠超過我們……如果我們結束了塵世的生命，也許會在另一個世界與我們已逝的親人相遇。」百合說。

「我比我先生又多活了十五年，我們這艘共同了一生命運的船，也曾在大河源頭徬徨，但我想早已從逆流駛向平安的渡口，後來幾年兩人在回憶中挖掘那份埋藏多年的寶物——過去美好的記憶，如今這寶物就呈現在我面前閃爍著迷人的光華……」百合一定有段極幸福的婚姻，有人說婚姻也是哲學，神仙眷侶並非可遇而不可求。

後來百合又娓娓談起她婚姻時一些細節，她說自己婚姻故事就像愛德華・基朋（Edward Gébbon）所著述篇幅浩繁的《羅馬帝國衰亡史》，清醒像位史學家，可是我們聽著，聽著，卻漸漸有了睡意……

在人類早期，藝術文學的類型還未萌芽，三兩婦女，年幼的孩子，圍著一位老人聊天，講故事，就像我們現在這樣，這就是文學的啟蒙時期，也許其中有許多妙語如珠的語彙，妙趣橫生的情節，但沒有文字記載，就都散佚了。

清晨，我獨自走向海邊，巉岩嶙峻，浪花像雪濤似洶湧，紫褐色崖壁上停息迎著晨曦的海鷗，我又想起枚乘的「白鷺下翔」……

歸來時，我見到百合站在那片野蘭花田的正中央，有幾隻海鷗在她上空盤旋，百合長裙迎風飄颻，宛如仙人。

賦音籟

所有的美對我都有一種蠱惑力。

我住在庇里牛斯山村，綠色的山谷，田園詩畫一般的景致，整齊的葡萄園，就如法國印象派畫師科羅筆下的風景。

白晝，我們徜徉在山谷野地，鄰人黛波用魚線將乾花串成花環，學起神祕的東方聖徒，手中捧著「乳香」，她的鄉居屋後是溪流，還有一座水磨，已經年久不用，純粹形成裝飾景觀，溪畔開著碎玉，小浪花般的白色野花，棲息的水鳥發出噗哧的蹚水聲，這是一條山溪，兩旁峙立山岩絕壁，黛波告訴我，在霜寒結冰的冬季，那山壁的大大小小石洞，都成了一個個冰窟窿……

蓊鬱的山林，紫褐色的山壁，壯麗的崗巒，山中迷人的日落，翻山越嶺的雲和鳥，一再演繹出大自然的美。

山村的建築伸出長長的屋檐，以備冬季承負冰雪，屋檐上還有雕花圖案，村中觀光馬車掛著錚亮的銅雕，像垂掛在將軍肩上的一枚勛章。

三月間屋檐下的冰箸已融化，就在桃花盛開的季節下起「雪雨」……

近晚，溪谷深壑浮動著白濛濛的水霧，竟像清雲翻騰……

夜晚，月色瀉在窗前，就如善織的黼黻在織一匹雪一般柔亮的紗……

月光下有隻鳥在我窗前鳴唱，黛波稱牠為「神仙鳥」，這隻單純吟出一個長音，接著是一連串短音的鳥竟勾起我的記憶，像蒙太奇的畫面，就是一九八四年那次恆春之旅，朋友帶我去看那午夜的熱帶雨林，林中銅鑪華燭似照亮了夜的宮殿竟是朋友所說華豔的「鬼花」，就在萬籟俱寂中，熱帶雨林一隻不知名的鳥吟出一個長音，接著是一連串短音……

不是一聲已動物皆靜，那隻神仙鳥只是一種披奏，以商聲的弦撥弄出令人淚落沾邊草，令人斷腸對歸客的音符……接著溪流長鳴，秋葉慼慼，百籟應合……

王褒的《洞簫賦》影響了後來馬融的《長笛賦》、嵇康的《琴賦》，在《洞簫賦》中，我從文字聽到人間最美，最繁麗的音符，他先為洞簫的材料竹子，來一番細膩的描寫，而蕭蕭風鳴，回江流川，樹顛翱翔的禽鳥，長吟的秋蜩，悲嘯的猿都是絕妙的音籟，簫聲的旖麗詭譎，原來是採取了百籟的精華……

突然，我聽到百籟中水石相擊發出磕磕之聲，那就像文章寫到佳境，擲地若金石聲了。

——一九九五、七、十・中央副刊

胡桃核世界

可以實現的夢是
來自
夢的國度裡的
鹿角門，
不能實現的夢是
來自
象牙門。

故事

搖椅搖啊搖，充滿了旋律與節奏，似乎有隻小老鼠就吱呀吱地響著，也在聽母親講賽珍珠筆下童年的世界。

「賽珍珠祖先居住在維珍妮亞，卻是在中國長大的，在她生活的天地有青山翠谷，紫色的峰巒，在這片土地上辛勤的農夫耕耘著每一寸土地，在賽珍珠眼裡那些莊稼漢捲起藍布褲管插秧時的動作，就是一首充滿了旋律的詩……」

「賽珍珠家那座粉刷得雪白雪白的牆，四周迴廊環繞，屋內涼爽極了，冬天賽珍珠就在迴廊讀書，陽光暖暖的，她一邊吃橘子、花生米，一邊讀《狄更斯全集》……」

「賽珍珠十歲時義和團之亂結束了，那一年是一九〇二年，她住在長江邊岸，一所老舊傳教士的宿舍裡，那一年她開始跟一位中國儒家學者學中文，他教給她中國儒學謙抑的思想……」

在珍妮弗家的迴廊裡，我們欣賞園中那一株盛開的瓊花玉樹——木蘭花，一邊喝茶聽珍妮弗講她長長的故事。

「在母親的敘述中，我對賽珍珠的童年，對中國那片土地充滿了幻想，我學中文，研究中國歷史……就在我十六歲那年，我一位富有的親戚——我的姨母要到中國去做一筆生意，我要求她帶我一塊去，就在北京一座大宅中，我認識了朱，朱十八歲，我們已不是『妾髮初覆額，折花門前劇，郎騎竹馬來，遶床弄青梅』兩小無猜的年齡，但竟深深地相愛了……」

「那時候相愛的人是深信梧桐相待老，鴛鴦會雙死那類古老的誓言，姨母結束了中國的旅程，我不得不跟她回到法國，臨別時我與朱約定或我將來回到中國，或他到法國來找我……但那個夢永遠失落了，後來大家就斷了音訊，從姨母那兒我獲知朱已娶了中國媳婦，我也和喬治步上紅毯……」

「前年我到北京旅遊，找到朱家大宅，那宅子已換了新主人，就在朱家四合院的迴廊上，我流連又流連，秋後的暖陽透過楓樹的葉梢灼灼的一片紅，我又想起梧桐相待老，鴛鴦會雙死，那類古老的誓言……」

透過迴廊的陽光照著珍妮弗的半邊臉，另半邊臉籠罩在暗影裡，珍妮弗的聲音愈來愈柔，都化成春天的鶯聲鳥囀，珍妮弗這個人物和眼前的瓊花玉樹都寫進春天這幅畫中。

遺囑

暮色蒼茫，老白樺傳來鳩鳥的悲鳴，原野上的瀉湖泊泊啾唱著悲涼的輓歌，又來到丁尼生詩中「亞瑟王」的場景中；他在臨死前人們將他的寶劍殉葬大海，那月光下閃電般弓形似的旋舞，那曙色中北方天空的流星，一剎時就消逝了……

參加拉貝夫人葬禮歸來，走過那片空曠的野地，野地上開著數不清的藍色小花；藍鈴花、遠遠望去像一片藍色的星光，是藍得透明的珠淚所襯映出來的星光，我走著走著臉上也垂著兩行珠淚……

「我也看過風光的年月，那年拉貝擔任外交官，我們還以外交使節身分訪問過白金漢宮，住進充滿了貴族氣氛的克拉里奇斯旅館……，那是一座維多利亞時代的紅磚建築，內部設備的金碧輝煌，以往有一條不成文的規定，各國元首訪問白金漢宮住了三天後，會遷入克拉里奇斯，並以主人身分設國宴請伊麗莎白女王……」在拉貝夫人那幢老舊，散發霉味的宅子裡，圍著在滿呈刻痕的紅木餐桌旁，拉貝夫人遞給我們一本又一本厚厚的相冊，那相冊貼滿她所謂風光年月的照片。

拉貝夫人曾是我讀英國利物浦大學文學班上的一名講師，拉貝生前是奧地利駐英國的外交官，拉貝夫人是愛爾蘭人，我選讀的是維多利亞時期的小說，拉貝夫人在這方面知識豐富。

在英國文學史上，中古時期以韻文傳奇為主，在伊麗莎白時代是以戲劇為主，到了維多利亞時代則以小說為主，拉貝夫人講狄更斯小說中的人物如大衛・考柏菲爾 (David Copperfield)、奧立佛・吐溫斯特 (Oliver Twist)、小杜麗 (Little Dorrit) 講得極為生動，就像這些人物還生活在二十世紀的舞臺上……，可是在生活方面，拉貝夫人正如她自己所形容，是個「低能兒」，她在公車上掉了錢包，裡面是她整個月的薪水，在水果攤上買了水果，付了錢，忘了將水果帶走，買了件昂貴的純毛毛衣，在熱水中泡小了一號，答應朋友赴晚宴，卻約了另一些朋友在同一時間在家裡晚餐……

她那座老舊的宅子，家裡每一個角落都堆滿了舊物，每一堆舊物都是她刻意保存的珍貴記憶是丟不得的，她的人、她的年齡和她一身曾經是華貴現在已褪色，到處是毛茸茸線團子的衣飾構成一種特有的協調。

拉貝夫人無親無故，把我們這些異鄉學子看成自己的子女一般，我們當中若誰傷風咳嗽想找阿斯比靈或咳嗽糖漿，就自動去拉貝夫人的冰箱或藥箱裡找，若誰嘴饞想吃點什麼，拉貝夫人總是準備一紙袋又一紙袋的胡桃、乾果、餅乾、巧克力糖……但每逢年節我們也會給她辦份年貨，送份薄禮……

拉貝夫人患嚴重心臟病，醫生警告她要節制飲食，尤其是含有過量脂肪的食物，但晚餐桌上的烤羊排、炸雞、巧克力奶油蛋糕、蛋黃醬沙拉，經常讓她忘了自己是有病的人，她去世的前一天還叮嚀我們：「若要把文章寫好就得多讀書，現代人的缺點就是懶得讀書，只要讀破萬卷書，下筆時就不會滿腦子空洞洞的，筆端蘊藏的智慧，也來自書中的知識。」

她是在睡夢中逝世的，早晨，幫她清理房子的工讀生梅，發現她安詳地躺在床上，枕邊還擱著翻開的查寇雷（William Makepeace Thackeray）的《紐氏家族》（*The Newcomes*），文中有一段這麼寫著：

> 如往常一樣的夜晚，教堂鐘聲響了，紐康姆伸出被褥外的一隻手隨著鐘聲打著節拍，當最後一聲鐘響時，一種罕有的微笑呈現在他臉上……

拉貝夫人身後蕭條，只留下那幢老舊的宅子，依她的遺囑將它捐給英國教育機構。

鹿角門與象牙門

在維吉爾《依尼艾》（*Aeneid*）中說：

可以實現的夢是來自夢的國度裡的鹿角門，不能實現的夢是來自象牙門。

我面對那一壁山岩，懷著一份「隔山望南斗」的中國情，那山谷中農舍荊扉，青蘿拂衣，松風良吟，雲漢星稀，處處是中國人所描述的「忘機」高境。

在科茨渥德（Cotowold）這個英格蘭的丘陵地帶，這裡的建築都由當地產的山岩所建造的，是一種蜜灰色的石，科茨渥德景色奇特，讓我如置身於一場夢境中：白蠟樹、懸鈴木、橡樹，還有滿山滿谷的野薔薇和風鈴草……

科茨渥德是英國中世紀產羊毛的地區，羊毛帶來財富，那些富有的羊毛商人建築了華屋巨宅，這裡寫著牧羊人的歷史，也留下古羅馬人的遺蹟。在古柏山區還玩著一種薛西弗斯神話般的遊戲，薛西弗斯被天神處罰將一塊大石推上山巔，然後大石滾落，他又得再推石上山，古柏山區不是玩推石上山，而是玩攔住特大號硬乾酪滾下陡坡的遊戲……

史蒂芬來自科茨渥德，那是她所形容迷人的鄉土，她與妹妹安妮都愛好文學，史蒂芬涉獵極廣，也是一位莎士比亞迷，但通向文壇畢竟也是一道「窄門」，史蒂芬在學校優越的成績並不能保證她一定會通過窄門，她每逢遭到退稿就幽默地說：「看來我的夢是來自象牙門。」

當我來到科茨渥德，那景色讓我想到約克郡，那是迥然不同的景色，約克郡的美是高原上一望無際的石南，紫色的一片，天和大地都是紫色的，那是布朗特三姊妹的故鄉，是愛彌麗・布朗特寫《咆哮山莊》的背景，是夏綠蒂完成《簡愛》的大地，詩一般幽微玄妙的色彩，醞釀著世間女子羅曼蒂克的夢……

喬治・愛莉奧特（George Eliot）說：

> 若不是我們曾經消磨童年在那方土地上，我們不會愛大地愛得那麼深。
>
> We could never have loved the earth so well, if we had no childhood in it.

約克郡高原是布朗特姊妹消磨童年的大地，她們在維多利亞小說中占有文采韡曄，靈秀卓絕的一席，她們童年的夢都實現了，那個夢是來自「鹿角門」。

可是在維多利亞絕出小說家群中，有一位卻是遲來的天才，他的榮譽來得相當晚，那是梅拉迪斯（George Meredith），自第一本詩集與第一本小說問世，他默默地，漫長地寫了三十餘年，他那種潛藏智慧於現代小說中的風格，才獲得世人的肯定，每當史蒂芬自嘲說她的夢是來自象牙門，我就舉梅拉迪斯的例子勉勵她。

我們漫步在科茨渥德寧靜、優美、像世外桃源的山谷村落中，秋日的紅樹、中世紀教堂的彩繪玻璃、山澗的清流，與蜜灰色的巉岩，還有山村人家院子裡的成陣落花……

「走到那裡，我夢寐難忘還是這片鄉土，我和安妮自小就有一個文學的夢，我們想把這片鄉土，這裡的人和事都寫進那個不朽的夢中……」

李白的長相思是在長安，當秋蟲在金井欄邊啼唱的時候，當傲霜映出冷清的簟席，瑟上的鳳凰柱剛歇息，琴上的鴛鴦絃又奏起……隔著迢遠山河不只是懷著鄉愁，還有著對故人的思念，長相思隱含著令人腸斷的意味……而布朗特家的姊妹在籠罩著家庭悲劇氛圍中又是怎麼樣的心境？愛彌麗面對她小說中的大地——約克郡這片開遍石南花的大地，她的心自那片花海花浪間游離出來，她見到茫茫大漠，沒有城廓，只有紛紛飄落的雨雪……

不要那麼肯定說：我們的夢是來自鹿角門或象牙門。

美的寓言二帖

那裡沒有
真實的東西，
除了鳥，
大海閃爍著光，
世界是寓言……

——華倫（Robert Penn Warren）

變色鳥

那白色的羽翼從高空穿越過阿爾卑斯山峰頂，就如一次雪崩。

牠繼續的在夕陽下飛翔……

那隻鳥不像華倫描寫鷹的翅膀，從一個光的平面轉入另一個光的平面，穿越過夕陽構築的幾何圖形與蘭花田。

阿爾卑斯山的夕陽是黃金的熔爐，那被夕陽染成的金色羽翼就像希臘神話戴達羅斯的飛行翼，那金色的羽翼在夕陽下熔化了，溶成蠟，溶成金色的蠟。

背著夕陽的山壁苔跡斑駁，如一艘廢棄在深海裡的船，掛滿了斑駁的藤壺，那鳥停在山壁上拖腔叫板像戲劇開場白的尾音似地唱起輓歌，當牠再度展翅飛翔，穿入晚星依稀的穹蒼，那種美令人震顫，這時我就想起華倫的詩句。

華倫是本世紀在文學創作上具有多角度成就的作家，他的長篇小說《國王班底》名噪一時，但我更喜愛他那種承襲白朗寧戲劇獨白的詩體，又獨具風格晶瑩碎句所疊成的小詩。

兒時，我蹲在溪畔
看著陽光下
捧在手中
的水逐漸沒了
那水珠晶亮
但你絕不會相信
因為證據沒了

華倫的詩有種蒼涼的意味，他想說有一天我們活著的證據會全部被掩滅，他不直接這麼說，他只說：

證據沒了
作證的人都死了
留下是西風搖擺杉樹
懷俄明州的鷹被夕陽映紅了胸脯

父親唇邊的汗珠冰涼了
父親已死了……

世間的美都含有崇高而又蒼涼的悲劇寓言，那過程就像飛越阿爾卑斯山那隻鳥，從點燃美的靈火到消逝在星空的世界……

一天，我闖入一片寂靜而又喧譁的天地，陰暗的瀉湖飄著睡蓮，野蘋果花鋪了一地粉白的芳塵，百鳥在這兒建立家園，湖畔長遍燈芯草和香浦，一群棲息在附近的水禽驀地飛起，牠們的羽毛都在陽光下染成彩羽繽紛……

白天鵝出現了，那一定是隻幸運之鳥，就如安徒生童話裡那隻每一片羽毛都是黃金的天鵝，牠給人們帶來了幸運，因為牠將搖下的落葉串成一部書，將牧童引入知識的領域。

幸運之鳥帶來了知識，知識就寓意著幸運。

李商隱在《錦瑟》一詩中，以錦瑟的一絃一柱寓意華年的流逝，以莊周化蝶與蜀國望帝魂化杜鵑的典故來描寫人生的幻境，以鮫人在月明時哭出珍珠，藍田山上陽光暖和玉就出煙來形容刻骨銘心的情，詩的寓意深刻而又豐富。

杜鵑的鳴聲特別幽怨淒涼，所以常被寓意為鄉愁的哀音、春聲與淒豔的心聲。夜鶯是希臘神話《菲羅美拉》的化身，杜鵑應該是羅馬詩人維琪爾傑作《阿尼德》筆下迦太基女王蒂杜（Dido）的化身。

中世紀的學人研究羅馬詩人維琪爾的作品恭敬如讀《聖經》，他的詩歌精緻優美，陽光、雨露、夏夜的星、冬天的海潮，還有彗星與日蝕、月蝕的奇觀都寫進他的詩篇裡，當他寫了傑作《阿尼德》卻執意將它燒焚，奧古斯都大帝下了一道命令要他手下留稿，後人才有機緣讀到純粹羅馬史詩——《阿尼德》。

《阿尼德》故事中的英雄在特洛依城被希臘攻陷之後向西流亡，在迦太基逗留期間，迦太基女王蒂杜愛上他，蒂杜一角是這首史詩刻劃最成功的人物，這是文學裡最早的浪漫題材。

如果杜鵑是蒂杜的化身，她一定不啼唱馬修・安諾德《菲羅美拉》的詩句，它會飛越時光之旅，飛越世紀之旅，來到印度詩聖泰戈爾筆下，吟唱《吉檀迦利》的句子：

就是這種籠罩不去的痛苦，給愛增添了深度，淪為人間的苦樂……

鮫人的歌調

黃昏，漫步諾曼底海邊。

海浩瀚而瑰麗，因為有風，夕陽的光像燄火般飛騰，海浪翻動如雷聲……

海鷗群飛侶浴，我們坐在岩石上看海景，身邊還跟了一位鄰家七歲小友黛芬。

「鯨魚一定會在這樣的黃昏出現，也許牠就在遠方海上，聽那聲音，那雷一般的聲音，一定是隻巨大的鯨……」黛芬繪聲繪影地說，一剎時彷彿真的出現巨鱗插雲，鬐鬣刺天的鯨。

七歲的黛芬還是生活在童謠與寓言中的年齡，那年齡的孩子心中就是一幅薈蔚的畫面，想像力像海浪，騰波赴勢，涓涓翻泱，不會竭涸。

在黛芬那樣的年紀，一定相信丹麥的一句諺語：

你口中含一根木棒，就成了隱形人，那是一根幸運之棒！

美國當代女詩人萊薇托芙（Denise Leventou）一定具有黛芬那樣的童心，她將墨魚骨聯想成玻璃海鷗的羽毛，瑪梅果的果肉想成玫瑰色的琥珀，果核是木製雕刻……

我想告訴黛芬，中國晉朝的辭賦家木華寫的《海賦》，他運用神話和聯想，將海描寫的繁采揚華，瑰麗無比，他描寫船汎海凌山疾駛而過「冏然鳥逝，鷸（快飛）如驚鳧失侶」，他描寫水中小洲沙石之嶔，初生的小鳥剛從剖開卵中出來，然後羽毛初生，舉翼飛翔，那時候天空佈滿了詭色殊音，他描寫水府之內有崇島巨鰲……

但辭賦對一位七歲的孩子來說，畢竟是太深了，我說：「黛芬，中國有一齣很美的神話，那故事就如你手中那本《美人魚》，不過中國神話裡稱為鮫人，她不像凡間絕色披起綾羅錦緞，她的衣服是錦雪般絢麗的紅玉串成的，鮫人的宮殿就在海底，她的歌聲極美，在月明的時候，她唱著唱著，唱到悲傷的音調就落淚了，她的眼淚都是一顆顆的珍珠……」

夕陽已沈，黛芬執意要等月亮出來，好聽鮫人在月明時歌唱，唱出鮫人的珠淚……

黑夜的海上燃起漁火，遠遠望去它們都化成木華《海賦》中的飛駿了，它們候勁風，揚百尺，然後如流星般良逝……

月亮的清光照明了大海，岩石上一隻鳥以音律和緩，節奏很慢的聲音展開牠的初唱，漸漸地轉為急調繁絃……

「月亮出來了，是不是鮫人在歌唱？」黛芬問。

鮫人的夜歌一定也是以這樣采粲的音色開始，理正聲，奏妙曲，揚白雪，發清角……最後鳥的聲調像黑夜大海的流波，聽起來有些讓人愀愴傷懷了。

「黛芬，我們該回去了，天晚了……」

當我們走向歸程，剩下的一幕就留給大海，月亮，鳥的夜歌，也許還有一位「月明珠有淚」的鮫人。

——一九九五、二、十八・新生副刊

冬天黃昏的風笛

——記蘇格蘭高原

冬天的海上
在白天
依然是灰濛濛的，
寂寥的大海
疾風呼嘯，
噴濺起
高高的浪花，
海鷗在長天與浪沫間
盤旋……

序曲：英雄的家鄉

在學生時代，我們開著英國奧斯汀的迷你車登上蘇格蘭高原，我為這片美麗的鄉土入迷，經常夢想我有生的年月要再回到這片高原上，住一段時期，實現我寫蘇格蘭高原之夢……

我終於回到蘇格蘭高原。

在蘇格蘭早期的文學作品，他們謳歌君王的豐功偉績，愛國熱忱，蘇格蘭王詹姆斯一世長期被幽禁在英格蘭宮廷中，他是《國王手記》（*The King Quair*）的作者，這位御筆詩人一生哀感動人，文筆優美，在羅塞底（Rosstte）的《國王悲劇》（*The King Tragedy*）寫的就是他的故事。

但有一位最偉大的歌謠詩人，他的名聲就如俄國田園詩人葉賽寧，他是勞勃彭斯（Robert Burns），他詠唱故鄉的大地，故鄉的河流；艾爾河，杜河……崇拜蘇格蘭名將華萊士，他的心永遠牽繫他熱愛的這片鄉土，那塊大地是他所形容英雄的家鄉，當他告別北國故土，想起那些積雪的山岳，溪壑綠谷，想起這逐麋鹿逍遙的歲月，他一篇一篇寫下他對這片鄉土的感情，他對詹姆斯・史圖特及查理・史圖特這些英雄景仰至深，如「傑米不歸來和平沒希望」就是以黃昏暮景中一位老人的哀歌唱出來的心曲，字裡行間洋溢著對英雄的追懷與鄉土之情。

彭斯一七五九年一月二十五日出生於蘇格蘭西南部艾爾郡一個貧苦的農家，他三十七歲在貧病中像一顆流星般殞逝了，但他的名字永遠鐫刻在這片鄉土；這英雄的家鄉。

牧羊女

在蘇格蘭高原上，我住進一幢白灰泥石板瓦的濱湖小屋，後面是廣闊的山林，冬天傍晚那湖是銀灰色，高原山野是暗褐色，那景色讓我想起 Snowdowa 國家公園迷人的冬景，冬天的草依舊是綠色的，湖上映出傲岸的冬林與遠山依稀……

我的鄰居都是牧羊人，在都德筆下描寫普望斯羊群在飛揚的塵土中奔跑，整條大路隨著羊群移動……在蘇格蘭高原有特別為羊通行而設的羊道，羊道兩旁是樹籬，羊群通過羊道，成排列隊，像在軍樂中步行的軍隊，威風凜凜，小羊依在母羊身旁咩咩吔叫……

都德描寫那背上馱著初生小羊的竹籃子的母騾左右搖擺，還有淌著汗的牧羊犬舌頭伸得長長的，牧羊人赭紅色粗呢外衣像僧人的披風，都德的描述異趣橫生。

牧羊女夏蒂，我形容她是位高原女詩人，她講的辭句如果經過潤筆，經過文字的雕鑄，都可能是一篇好的詩章。她領著我翻山越嶺爬上高坡，背後跟著那頭忠實的牧羊犬西巴和一群大大小小的羊群……

「你知道嗎？我們牧羊人是最接近繁星的世界，每一顆星我們都能記住它們的名字，我們的生活單調寂寞，星星卻豐富了我們的世界，星光閃爍璀燦的光芒，它們有時也會死去，所以每逢流星殞落，我就默默在胸前劃十字架……」

「我的祖父是位鄉土樂師，他最擅長蘇格蘭的風笛，在節慶時，他就隨著樂隊的行列，演奏他最拿手的風笛，他死的時候留給我唯一的財產就是他的風笛……」

「班鳩在高樹上啾叫，那聲音在山谷間迴響就像在訴說那些發生在高原上的悲劇……勞勃彭斯形容羊的叫聲是艾爾河上吟唱的歌手，每逢冬天四野荒涼，風吹在破壁廢墟，似乎唱遠古的悲歌……」夏蒂的夢想是到愛丁堡進大學，這位天生宿慧的牧羊女也很可能會像勞勃彭斯寫出動人的鄉土文學。

出航

離開湖濱小屋，我住進高原北部，一座靠近海邊的小樓，白色的建築鋪上紅瓦屋頂，這一帶的建築都大同小異，漁人的房舍沿著海岸形成幾何的半弧型，屋前擱著小艇，漁網與捕魚工具……每家都沒有圍牆，面對一望無際的大海，海鷗翔集，魚躍浪飛，就是一片天然的園景……

夜晚，我從窗口望出去，冬霧迷漫，漁火在朦朧的霧中穿行，美極了……

房東邁可是位船長，這一帶的鄰居都靠打漁為生，邁可三個兒子都承繼父業，這些漁人都是天生的航海家，他們不但懂得操縱羅盤，還能辨別風向，甚至從風雲變行，鷗鳥的鳴聲中預知風暴的來臨……

「有沒興趣跟我們出航？」邁可在早餐桌上朝著我說。

「你別開玩笑了，出航是大男人的本領，別說遇到風暴，單那凜冽的海風就讓人受不了……」邁可太太說。

「這次我們只是短程旅行，傍晚就回來，不必在船上過夜。」我欣然同意了。

邁可，邁可太太，還有他們三位兒子就登上那艘稱為「邁可家族號」的漁船出航了。

漁船不比富豪的遊艇，甲板上擱滿了捕魚的工具，雜亂無章，連擺張椅子擱腳的地方都沒有，邁可知道我是寫文章的，喜歡看海景，就特別搬了一隻木製凳子橫在甲板上，還為我找來一張舊毛毯讓我蓋在身上……

冬天的海上在白天依然是灰濛濛的，寂寥的大海疾風呼嘯，噴濺起高高的浪花，海鷗在長天與浪沫間盤旋……

邁可一家忙著工作，撒網、打漁，將魚一大籮一大籮裝起來……午餐一家圍桌而坐，彼此交換打魚操舵的經驗，或聊起海上的奇談，餐桌上有的是豐富的海鮮……

晚上鄰近的漁人在邁可家舉行歡宴，吱嘎的琴聲，低啞的歌聲，老水手的故事，每人杯中盛滿了麥酒，這時他們就忘了海上的寂寞與打魚的艱辛，將颼颼寒風，大海，與檸檬黃的冷月都關在窗外……

午夜將盡，賓客盡歡而散，漁民高歌勞勃彭斯的《驪歌》（*Auld Long Syne*）：

往日知交不能忘
記起昔日舊時光

今朝攜手共話舊
舉杯共飲舊時光
飲盡杯中一品脫
你我欣然相奉陪
舉杯互祝舊時光
綠波山野共跋涉
採得雛菊兜芬芳
五湖四海都走遍
如今腳力難逐鹿
記得徘徊溪水畔
就從清晨到暮晚
今後遠隔洋和海
往事依稀別離長
今朝攜手共話舊
舉杯共飲舊時光

——譯自 Robert Burns 的"*Auld Long Syne*"

旅

走過澤地、山谷、荒原、山岡、在清晨、日午或黃昏……見到東部高原一座小村落孤立海中，像海上一座孤島，在昏黃暮色中，背景的遠山是紫色的，連海水都泛著紫色的光浪……

一座長橋通向岸邊，也通向人煙與繁華……

海悠緩地響起古老的旋律，旅人就迷失在那古老的歌調中……

在古都愛丁堡舊地重遊，我似乎又再讀一次史高特（Sir Walter Scott）筆下描寫蘇格蘭瑪麗女王的遭遇，在瑪麗女王在位期間，部分英國人想恢復天主教，在宗教爭端的趨勢中，她和伊麗莎白女王發生尖銳的衝突，後瑪麗女王被迫退位，被英女王伊麗莎白一世囚禁了二十年後處以死刑。

在 Glasgow 鄉人帶我去看一座十三世紀的古橋，那座橋最具有歷史價值的一部分是因為他們最偉大的詩人勞勃彭斯曾佇立橋頭，橋建在 Ayr 河上，兩旁都是茂密的樹林，詩人站在橋上，在流水淙淙清音，在林間盛開的野花與林木香氣中，他一定又像一隻擅長歌吟的夜鶯，吟唱出鄉土的讚歌……

在旅途中每一處歇息落腳的小站，就是旅人暫時的家……

葛林老太太在高原上開了一家小客棧，春天來了，在這片山野中，除了紫色的鈴蘭花，白色的綿羊，全是綠色的，屋前屋後的山坡任我徜徉……

葛林老太太九歲的小孫女愛梅常來陪我。

「昨晚，在樹葉沙沙聲中，我入夢了，夢中復活節的鐘聲響起，家中裝著一隻大禮盒裡面是巧克力塑成的大公雞，禮盒上結著漂亮的彩帶，還有我的爸爸媽媽正伸開雙臂等著我投入他們懷中……」愛梅是位孤女與祖母相依為命。

復活節，我為愛梅買件小禮物，擱在她鋪著蘇格蘭羊皮毯的床褥上，還夾了一張小卡，我沒向她道別，就悄悄步上我另一段旅程。

旅人是寂寞的，但在人生客旅的驛站中經常會遇到一些溫馨的人物。

——一九九五、九、一・自立晚報副刊

爐邊漫談

那轆轤轉動的磨石，
日復日，年復年，
同樣低沈的聲調，
磨出同樣
平淡無奇的日子，
也許沒有繽紛瑰麗，
也許無情的歲月
也帶走些什麼，
但它留下的是
人類精神世界
最珍貴的慈悲。

老斯多噶派的信徒

「老斯多噶派」（The Old Stoig）不是我杜撰的名詞，愛彌麗・布朗特（Emily Bronte）就曾以它為題寫過一首詩：

當時光之箭逼近終點
我唯一的願望
是堅強，勇敢，
不再受生與死的約束……

——譯自愛彌麗・布朗特《老斯多噶派》

雪花飄在像一首舊世紀詩篇的英格蘭牛津古城，那是我們負笈英倫第一次過農曆年，邀請了幾位英國朋友來家中吃年夜飯，雖美其名為年夜飯，餐點都是中西合併的，譬如烤隻鴨子完全是西式的烤法，卻不忘炒盤麵，還特地去買個中國白菜……

壁爐裡燃起熊熊炭火。

晚餐後朋友圍爐夜談，仍然套上一個極富中國味道的詞兒——守歲。

在這些英國朋友當中有一位已退休的老教授阿非德，我們都稱他為老斯多噶派的信徒，因他為人樂天知命，和他相處沒有代溝……

「阿非德，我羨慕你為什麼老這麼開心，我和你一般年紀，卻終日生活在憂慮中，我擔心兒子喬治和兒媳格蘭妮婚姻破裂，我的身體也日漸衰老，任何一場大病都會奪走我的生命……」說這話的是一位老太太梅蘭。

「梅蘭，多年前我失去在生活中互相依靠的老伴，我的退休金只夠維持我不餓死的程度，我的公寓談不上寬敞舒適，充其量只能算個窩，我一無所有，只有滿櫃子書……但活到我這種年紀，所有人間俗事再也不能囚禁我，我絕不活在心靈牢獄中，對我來說世上沒有一座牢房鐵柵……」阿非德說。

「我懷疑你說這話是否有幾分過分豪華的論調，我們都是凡胎俗子，而生活本身就是囚禁生命的牢獄，只要是芸芸眾生中的一員，誰也無法超越這種生命的悲劇……」

「我的快樂哲學說穿了十分簡單，一點也不是高調，譬如我早上起床拉開窗簾，面對的是一片野地，春天到處是五顏六色的野花，秋天晴朗時，還可窺見野兔閒蕩其間，像這樣的季節就是一片雪野，我面對這樣的美景吃早餐，現代人為了工作早餐都十分簡單，甚至不吃早餐，我的早餐是傳統英國式的，不是歐洲大陸的早餐，我吃土司醃肉雞蛋，一杯鮮橘汁，加上一壺奶茶，用過早餐我就讀書，流連在書籍的瀚海上，讀累了就到淇薇爾河畔散步，逛街，去小咖啡店吃簡單的午餐，人活著就要尋找這類單純的樂趣……」

「可是擺在我們面前是無法超越的生老病死……」梅蘭始終堅持生命就是一種痛苦，阿非德似乎感到和梅蘭話不投機，語言無味，就和我們這些年輕人（我們當時都是二十幾歲年華少年男女）玩紙牌、聊天，手中酌滿了雪莉酒，快樂地唱起歌兒，依然一副老斯多噶派。

人生的話題充滿玄機，不是一場辯論可以找出真理的答案，蘇格拉底在與他同時代的學儒爭辯時，從不自認為自己就是代表真理，他深知在生的玄機之前他一無所知，當群儒共聚暢懷高談到黎明時分，眾人酩酊於醉鄉，他依然能及時清醒，與雅典青年在他學園裡，或漫步雅典街頭，共同去敲扣智慧之門。

歲月的磨石

那個冬天，凡爾賽下了幾場小雪，是一個雪後霽朗的午後，我約了鄰居喬治與艾素夫婦來喝下午茶，主要讓這對對我十分友善的法國老鄰居來嘗嘗我自十三區中國城買回的餐點；那軟軟雪白的椰子球、芝蔴湯圓、芋餃、蝦餃……

平日這些鄰居都待我好，知道我在法國無親無故經常那麼好心給我諸多溫暖，一束園中的紫丁香，一塊自製的糕點，一聲聲熱情的問候……

我準備了兩份餐巾，兩隻雅致的茶杯，茶是溫熱的，還為喬治泡了咖啡，他是很拉丁化的，一向只喝咖啡，沒想到只是艾素一人來赴茶宴。

「喬治呢，他怎麼沒來？」我忍不住問。

「他搬走了，就住在我附近不遠的公寓……」她神色凝重地說。

「那又為什麼呢？」

「時間就像磨石，青春、愛情、年華都在這塊磨石下粉碎了，化成了灰了……時間拉長我們彼此之間的距離，我們的思想、看法，生活態度愈來愈格格不入，最後雙方同意分居……」

「他的住處離我不遠，但就算兩人在街頭巷尾擦身而過，互相打個招呼，那局面也是挺僵的，那些海誓山盟、道德箴言對我們已起不了作用，那情感的窟窿已無法填補……」

艾素走後，我突然感到窗外的寒冷氣流封鎖了整個冬天，春天的消息遙遠又遙遠……法國當代小說家丹尼爾・布朗格（Daniel Boulanager）得過一九七四年的龔古爾獎，還得過其他法國大獎，他擅長捕捉人物瞬間流露出來、隱藏在心中已久的創傷、內心的孤寂，他的一篇作品《樓梯》就是描寫分居老夫婦的無奈……

過了半年傳來喬治病重入院的消息，我們去醫院看他，他已顯昏迷狀態，艾素在病榻邊照顧他，那種結髮夫妻相依為命的情感流露在她悲戚的眼神中，那塊歲月的磨石並沒有粉碎什麼……

那轤轤轉動的磨石，日復日，年復年，同樣低沈的聲調，磨出同樣平淡無奇的日子，也許沒有繽紛瑰麗，也許無情的歲月也帶走些什麼，但它留下的是人類精神世界最珍貴的慈悲。

褪了色的英雄崇拜

腓特烈大帝重新改寫歐洲的歷史，卡萊爾（Thomes Carlyle）以英雄崇拜（Hero-worship）的筆，改寫了腓特烈大帝的形象，如果卡萊爾的思想捲土重來，現代的智者必然是以另一種英雄的姿態，繼續寫他中流砥柱的人生史頁，在他們精神王國裡，依舊有種不隨工商業興起而幻滅的夢，這個夢是不會像商品拿來擺在市場的攤子上出售的……

煙月籠罩梧桐木的一個夜晚，在米歇爾夫婦的老舊住宅裡，我們喝櫻桃酒，話題是由愛默生的超越論（Transcendentalism）開始，這對老夫婦分別是人文學與哲學的教授，在莎士比亞世界大舞臺上，他們潛心演好自己的角色，他們豐富的人生經驗，旁徵博引的語彙表達，都讓我讀到生命豐富的內涵。

「愛默生是超越論的領導人，我們現代人離開愛默生的思想距離愈來愈遠，我說是那種美感的、倫理式的、溫和性的哲學基礎……」米歇爾老太太說。

「超越論」是新人道主義，源自古代與東方，尤其是中國、波斯、印度，以柏拉圖為思想基礎，抱著樂觀浪漫的態度，深信人的創造力與精神力量的無限。

「我欣賞愛默生浪漫而樂觀的想法，他認為神存在於宇宙萬事萬物中，尤其存在於一切美好事物當中……」米歇爾說。

人說現代戲劇裡的英雄都是從寶座上跌落下來，但並不說明現代戲劇沒有英雄人物，我想現代人不但讀愛默生，也讀亞理斯多德、但丁、米爾頓……只是現代智者不再住在思想的象牙塔裡普渡眾生，他們投入各行各業當中。我將我的想法告訴米歇爾夫婦。

「現代的英雄不脫離尼采超人的哲學，尼采小時候像女孩子一般嬌弱，他自小在女性圈子裡長大——他的母親、兩位沒出嫁的老姑姑，還有他的姐姐。尼采是那麼害羞，不但不說男人的粗話，也不與人交談，多愁多病，沒想他卻創立另一套哲學基礎，他主張人類要以意志的力量，面對生命與現實，改造自己的命運……」米歇爾老太太又回到她哲學本行。

「現代的英雄崇拜雖已褪了色，但仍然應該得到肯定，歷史經常是由超人改寫的，我說這話並不存偏激，而是根據歷史的見證，譬如柏拉圖的思想是歷史的里程碑，伊索格拉底引出希羅多德的主張——以希臘的統一來抗衡波斯帝國，就補救了雅典政治上的腐化，並從殘酷的內戰中挽救生靈塗炭，減少戰爭的破壞。譬如法國查理曼大帝不僅是在干戈中建立他的武功，他是位馬上英雄，也是位超越的政治家，他在工商文治方面的成就，並不遜於他的南征北討……」

米歇爾老先生就以「歷史」作為當晚嚴肅話題的結論。

在沒告辭前，米歇爾老先生又為我倒了一小杯甜櫻桃酒，我望向窗外朦朧的煙月，梧桐木都像夢境般在我眼前浮動，這樣美的氛圍，這樣美的夜晚，為什麼我們僅談些嚴肅的話題？下回，當我再來拜訪這對老夫婦，在暖春三月雜花生樹的時令，我一定要建議談談濟慈、雪萊或韋伯斯特（John Webster），將紅胸的知更與鶴鶉也喚來參加我們的「饗宴」（Call for the robin-redbreast and the wren. 韋伯斯特的詩句）。

可是當我飲著甜櫻桃酒，想的竟又是現代的智者，不再住在思想的象牙塔裡普渡眾生，他們也投入各行各業中，而在我們朋友當中，也許就有這麼一位智者。

——一九九四、十二、十三・新生副刊

巴黎拉丁區的一日

巴黎拉丁區
和蒲西尼筆下拉丁區
一樣繁華，
街上旅人
熙熙攘攘，
路旁有
兜售生意的攤販，
到處是富有
巴黎情調的
咖啡座。

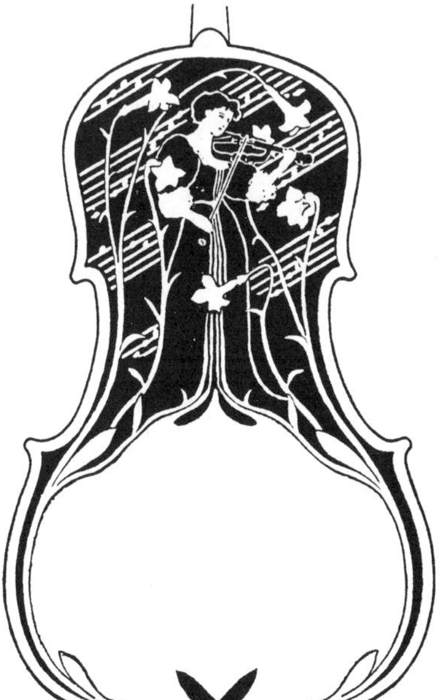

齊克果的父親本為一窮苦農人，後來致富留給齊克果的遺產足夠他一生安心從事創作。

但對大多數文人藝術家來說，這樣的幸運如鳳毛麟角，幾乎跡不可尋。

蒲西尼（Gacomo Puccni）的歌劇《波希米亞人》（*La Boheme*）描寫就是文人藝術家那種半酒神似的浪漫與生活辛酸交縱的一幅圖景。

蒲西尼求學時代住在米蘭一間閣樓裡，還是和朋友合租的，寒天時節，一頓只有湯、乳酪和半瓶立脫酒的餐，壁爐裡燒點柴火就算是奢侈了，後來他住在拉可，與鄰近文人藝術家組成一文藝沙龍，彼此志趣相投，情感融洽，這時蒲西尼就獲得靈感寫下《波希米亞人》，為蒲西尼奠定不朽作曲家的地位。

《波希米亞人》的背景是巴黎拉丁區，破舊的閣樓裡住了四位藝術家。

破床殘几，壁爐的柴火將盡，詩人將詩稿扔進爐中，一時火光亮起來了……

音樂家回來了，將教課所得買了食物、酒、大捆禾柴，屋裡一時充滿了歡笑聲……

我在地鐵聖米歇站下車，走入巴黎拉丁區，一路上想的是蒲西尼歌劇《波希米亞人》裡的情節……

巴黎拉丁區和蒲西尼筆下拉丁區一樣繁華，街上旅人熙熙攘攘，路旁有兜售生意的攤販，到處是富有巴黎情調的咖啡座。

蒲西尼名曲《生命是愛情的藝術》（*Vissi ďarte ďamor*）仍然寫在現代情人的眼中……

沿著塞納河一路逛舊書攤，在舊書攤上如在貯藏舊物堆裡尋找逝去的寶物，有位研究語言學的朋友竟在舊書攤上發現《蕾絲諾字詁》與《喀賽勒字詁》，是早期以羅曼文注釋拉丁文，與以羅曼文注釋日耳曼文的古辭典，這位朋友如獲至寶。這些擺舊書攤的攤販寒風細雨，到底收入是否能維持生活實在令人生疑，幾疊舊書、舊畫冊、風景卡、翻版畫就是他們兜售的財富，旅人來來往往，多數在舊書攤上翻翻，什麼也不帶走。

再往前走，眼前峙立是巴黎聖母院，這座建造在中世紀的哥德式教堂，被喻為巴黎最老的美女，當那座重三十噸的巨鐘敲起，幾位長衣飄拂的神父穆然肅立……

造訪巴黎聖母院如逢一定的時辰，還可以聆聽最負盛名的風琴師巴克白斯貝、利慈、都貝雪等人演奏那六千根音管的風琴。

在英國唸書時來巴黎度假，曾與母親爬上聖母院三百八十七級臺階，登上方型塔樓瀏覽巴黎勝景，時光流逝，再走進聖母院，見到燭光搖晃，寫出梁武帝之子蕭綱的《對燭賦》，侯景之亂武帝死，蕭綱被立為皇帝，在位兩年就為侯景所殺。蕭綱是位文筆細膩的辭賦家，他的賦我愛不釋手，他的賦文采纖麗，音節優美……

漸覺流珠走
熟視絳花多

眼前的燭光都化為蕭綱筆下的「流珠」與「絳花」，雖是白晝，站在聖母院裡，面對透過彩繪玻璃幽微的光影與滿堂的燭火，我感受的是宵深色麗，燄動輝燦的美。

沿著聖米歇爾大道走，我似乎正跨入一扇大門，二十世紀末的大門，人的喧鬧聲，時代的音樂，行色匆匆的旅人，人在群體中只是一個渺小的個體……有一扇大門曾經在我們面前展開過，還不是二十世紀那扇大門，尼采以查拉圖屈拉演繹出一套超人的哲學，那思想像胚胎像酵母，是醞釀著輝煌的火燄……

雖然那種火光逐漸熄滅了，但現代的智者也像來自古國的先知，以智慧的言語，說出他們的預言，那就像鐫刻在碑石上的銘文，既冷峭又激情……

卡繆以《局外人》、《薛西弗斯的神話》表現存在主義的精神，法國當代小說家馬塞艾米(Marcel Arme)，以《小說家馬丹》(*Le Romancier Martin*)將現實世界與精神世界那道牆給拆了，現實世界的人物可以走入小說中虛構的世界，虛構的人物也可以走進現實的世界……

皮埃爾・卡斯卡（Pierre Gascar）早年擅長以敏銳冷靜而深沉的筆調刻劃現代人的孤獨與

內心的掙扎，但他對人類萬物仍然深懷悲憫，在他短篇小說中曾描寫一隻待宰羔羊的無望與畏懼，以獸擬人，以萬物之心為心，那些牲畜一生下來就被命運的箍圈所禁錮，那在黑夜寒冷孤獨中，從天地萬物中跑出來的那隻羊激起小說家的悲憫，也借這篇小說喚醒人類的良心。

遠道朋友來巴黎，久聞法國名餐肥肝填鴨，都想一嚐真味，法國人也愛吃鵝肝，似乎有點違背現代健康食物的論調。肝類膽固醇高，法國人還吃半生的牛排……久居法國，反而對法國大餐敬而遠之，但到咖啡座上喝杯熱牛奶，吃份簡單的餐點，也變成日常生活的一部分……

那家咖啡座就像《波希米亞人》中詩人羅道夫和情人蜜蜜以及他們朋友相聚的地點。

《波希米亞人》結束了，蜜蜜死於貧病中。

在詩人彩筆下，蜜蜜所做的紙花都化成了春風飄拂中的春花，月色流瀉窗前，將蜜蜜凝聚成月光下的雕像……

當蒲西尼《生命就是愛情的藝術》再度唱起，永恆之情就將時光拒絕在門外。

走進盧森堡公園已近黃昏了，在百花園中噴泉水池畔圍坐了一圈人，或看報，或聊天，或只是靜靜欣賞繁花……我也找了一個位子坐在繁花間，刻意去尋找一種不是屬於這個季節的「玻璃翠」，就像刻意將《波希米亞人》的情節搬到二十世紀末巴黎拉丁區的舞臺上，若

珍惜在世上的每一個日子

每個日子都是
上主所賜下的，
每個日子都像
水晶般透明晶亮，
就依照伊壁鳩魯所說：
「將每天當成
你在世上最後一天
那樣活著。」

「我想去看看那不勒斯的海景，面對浩瀚的大海，上面就聳立維蘇威火山，聽當地的歌手唱起那不勒斯民歌，依然帶點拉丁情調的民歌……」

「或去倫敦，再經驗一次女王出巡的場面，那種車水馬龍的熱鬧氣氛……若逢那個國定節日，鳴起禮砲，看到皇家衛隊穿著一身掛滿了穗條、綬帶、金色流蘇飾物，就像置身於一場戲劇中……」

「去瑞士農村，看著黃昏金色的麥浪在風中翻動，農舍炊煙縷縷，裊裊上升在晚霞中，牛群哞哞長吟……」

「去看終年積雪未溶的白朗山，去看冰海奇觀，或走入一條名不見經傳的歐洲街道，想像古代畫著圖案的手推車與羊群穿街而過，還有魚菜攤子、花攤、玩雜耍，也許還有為國王出巡的吹號手……就這麼悠閒地漫步，悠閒地逛進小公園，園裡飄來一陣薄荷和海棠的香味……」

要是人活著能隨興做點心所嚮往的事物，活著就是一件樂事。但大多數的人桎梏於生活的圈圈，活得十分無奈，總是計畫要做點讓自己高興的事，卻有千百樣生活瑣事要待處理，「隨興畢竟太奢侈，要留待有足夠的時間或足夠的經濟條件再去完成那樁心願，要擺在最後一刻……」

但時光並不留待，它溜走得特別快，結果又糊裡糊塗活過了今生，那最後一刻永遠不會來臨。

藍波（Arther Rumbaud）寫詩的生命只有短短六、七年，卻在法蘭西文學史上佔有一席重要之地，由於他的天才，獨特的風格，他名垂詩史，寫《夢舟》與《字母的歌調》都是十七歲時寫的，他寫詩全是隨興，就如他遠到埃及、印度、阿拉伯、阿比西尼亞全是隨興，故鄉夏里微勒留不住他飄泊的心，他當過馬戲班團員、工頭，他去探險，參加軍旅，三十七年生命如流光一閃，早早就將天才給結束了。

像藍波這樣活在自己營造的心靈世界裡，活在一個夢境中是幸？還是不幸？如果他不依照自己的生活方式而桎梏於現實的圈圈，他不自己去造一個夢，不去體味心靈世界的波濤萬丈，內心的天籟，將聲音、色彩、音樂、繪畫凝結在一起，他當然也寫不出像《夢舟》與《字母的歌調》那樣好的詩了。

生命的價值神奇地超出預言與結論的範疇。

梵谷如果他扔下天才的筆，覓一足以維持溫飽的空間，而不作畫，他很可能平凡地生活下來，但世人再也看不到今日收藏在世界各地最知名博物館中的名畫了。

呂底亞王克雷茲在進攻波斯戰役中失敗成為階下囚，波斯王居留士燒起柴火，將克雷茲綁在高架上，克雷茲面臨死亡並不恐懼，他記起一位雅典人梭倫對他說過：「沒有一個活著的人可以稱為幸福的。」在面對死亡時，克雷茲保持長時間的沈默，並長嘆呻吟，一再喊出梭倫的名字，在居留士追問下，克雷茲說出下面的一段話：

> 有一次一位雅典人名梭倫來到我的皇宮中，看到我展示的全部財富不但不羨慕，反而對我說：沒有一個活著的人可以稱為幸福的，他說這番話不是針對我克雷茲而說，而是針對全人類而說，尤其是那些自以為幸福的人……

沒有一個活著的人可以稱為幸福的，以佛學來解釋，塵世原是空，在鏡花水月中尋求幸福，也是種幻影。

莎士比亞以揶揄而又蒼涼的筆調描寫生活在人生舞臺上的演員——人類：

> 你並非自己，你是仰賴泥土中的五穀生存，你不快樂，因為你追求不能獲得的東西，而忘了你所擁有的，你並不恆久，你的外形如月亮驟然變化……你既無青年也沒有老年，那不過是餐後小睡的一齣夢……

伊壁鳩魯說：「要將每天當成你在世上最後一天那樣活著！」那並不是故作驚人之語。如果依照伊壁鳩魯那樣活著，每個日子必然是多彩多姿的。

有一種山毛櫸特別需要炙陽，保留它深紅棕色的特徵，若沒有陽光，它只是一株綠樹，生活也要刻意去安排，這種刻意是隨興的。人有因循的惰性，反正昨天與今天沒有什麼不同，日子是一個模式，也是磨石，不可能有意外的驚喜，日子也是一件穿舊了的衣服，在穿衣鏡前再也懶得擺出什麼新姿態，那件舊衣服丟了可惜，穿了也感到一肚子悶氣，乾脆將它壓在箱底，每個應該是美好的日子也被我們收藏起來壓在箱底，紅色的山毛櫸沒有炙陽，顯不出它的特色。

想像自己是一株紅色的山毛櫸，就為自己找點陽光吧！

是一個沈悶的週末，春雨綿綿，我和女兒就決定來一次雨中遊園，選擇巴黎百花之園——孟仙園，孟仙園裡遊客零落，滿園的芳菲，滿園的寂寞，而園中的水沼棲息雁、天鵝、野鴨、水鳥……在蘆葦香蒲間就是水禽的世界，牠們擇地而棲，巢穴就在附近，我們彷彿是特地來造訪這群水禽，走進牠們的天地……

還有一隻大鴉，想像牠就是安徒生童話裡那隻最老的烏鴉，牠具有豐富的知識……

一座暖花室，養著熱帶植物，我對女兒說：「這扶桑花是亞熱帶的植物，是一株故鄉的花……」

一座收集鳥巢的小型博物館，還有一座展出中國盆景的玻璃屋，裡面站滿了守衛人員，因為那些盆景都是百年以上的珍藏。

結束這回的遊園，一次隨興的春遊，滿足我內心對美與自然的渴望，再回到凡爾賽自己寂寞的天地，內心就有了豐厚的感覺。

愛默生是「超越論」的領袖，他的哲學顯現出宗教的信仰、溫和的倫理觀念，受到柏拉圖、普羅泰納斯和蘇格蘭哲學家的影響，他的哲學基礎也是來自波斯、印度的古典著作，美國白髮詩人敬重愛默生如師長一般。

從愛默生的作品中讀到華茲華斯那種將造物主與大自然結合在一起的「自然哲學」，愛默生多少帶點浪漫的樂觀主義，他將形而上的思維變成生動的意象，以虔敬純淨的心與眼睛去觀察、去接納大自然，進入他與造物主神交的境界。

世界是精神的結晶體。

萬物涵含智慧。

愛默生提倡獨立精神，就如梭羅，這種獨立精神對美國的影響永遠不會不合潮流，也永遠不會成為過去，它激發美國人的信心，增進人類創造的能力。

每個日子都是上主所賜下的，每個日子都像水晶般透明晶亮，就依照伊壁鳩魯所說：

將每天當成你在世上最後一天那樣活著。

——一九九五、一、十六・臺灣日報副刊

中年心情

我喜歡現在的我，
就像在金色夕陽下，
金盞菊的顏色
特別輝煌，
不需要再加上
華麗的讚美辭。

我已步入中年，那是我摘星少女時代很難接受的事實，中年，就意味著如花少女時代已是長流逝水了。

一次晚宴中，一位男士公然讚美我十五歲的女兒「比媽媽還漂亮！」在旁一位風度極好的女士立刻糾正他「應該說女兒和媽媽一樣漂亮！」

但我依然滿心感激那位男士，我早就能接受那個事實；那些像詩句般的讚美已經與我無緣，如果有人問我願不願意再年輕一次，我的答案必然是否定的，我喜歡現在的我，就像在金色夕陽下，金盞菊的顏色特別輝煌，不需要再加上華麗的讚美辭。

「中年女人的美和少女令人驚豔的美不同，就像一部好書需要時間去細細品味，那種經過歲月洗鍊磨出來的光澤，雖比不上少女的花容月貌，但穩重、溫淑、雅致這種內在美更耐人尋味……」一位法國友人艾薇說。

「當我們看到自己的外形逐漸在歲月中消殆，雖說很知趣退出群芳譜，無心爭奇鬥豔，在心態上較為消極，但也能以較超然的心情去看人間世事……」另一位法國友人瑪伊雍說。

「取悅人其實沒多大意思，像我這種年紀，能隨自己喜好，洗盡鉛華，穿起舒適的服飾，不像年輕時代那麼在乎自己的外表，與男士相處心中毫無尷尬，我已不想取悅他們，反而大家能坦誠相對，不僅在女士中，在男士中也能交上談得來的好朋友。」艾薇又說。

人是會衰老的，如花少女時代只是曇花般燦爛一時，終究會消逝的。但世上還有許多事物是不會衰老的，譬如舊的、古典的藝術，文藝復興的藝術都恆久保存在世界博物館畫廊裡，新的事物可以與它並存，並不能取代它，世間所有屬於美好事物也許會從這世界消逝，卻不會衰老。

在安徒生童話裡一位年老的女園丁來到玫瑰樹盛開的園中，特別注視一朵盛開的玫瑰，她喃喃地說：「再經過一次露水，一天的暖陽，它的花瓣就凋萎了。」這位女園丁一定知道花開花落是一種生命的過程，她把玫瑰摘下和薰衣草擱在一起保存起來。

童話的寓意說明一朵花從含苞到盛開，陽光吻著它，露水用淚珠撫養它，陽光和露水都是母親，還有大自然的造物主這位慈母中的慈母……

我的生命一定也像其他千千萬萬的生命一般美好，慈愛的雙親，教育我的師長，給我智慧溫暖的友人，對我都像陽光與露水一般。擁有三兩知己可以傾訴心聲，在寂寞無助時不至於陷入絕境，那些會走上自殺的人，一定是茫茫人海無一知音，精神上陷入極端孤絕之中，當我面對異鄉無親無故的寂寞時，知己的一個電話、一封小箋，內心就有了暖意，突然燃起生機，也就有勇氣面對生命的挑戰。我想上主賜給我最豐厚的禮物，是我擁有文學上的知音，使生命的金秋無比瑰麗。

保存乾花是有祕方的，不妨想像如古代的埃及王，死後塗滿了香膏和防腐劑。保藏木乃伊一般隆重。

人到中年就懂得珍惜自己的羽毛，也許不像法國大思想家蒙田在三十七歲就認定自己是暮秋之年，退居到父親承襲的領地去頤養天年。但蒙田退隱並非遁世，他的「隱廬」裡有豐富的書庫，四壁以希臘拉丁箴言為壁飾……他去德國、義大利、瑞士旅遊，後來又當了兩任波爾多市長，並介入亨利三世與教會領袖之間的談判，他還持續不斷寫他的散文集，世人形容蒙田是去尋求「死亡歸宿的藝術」。

人到中年，心態上已逐漸退隱，逐漸為自己構築一座圓型塔樓，像保存乾花，甚至像保存木乃伊那麼隆重，那麼珍惜自己了。

我喜歡愛默生描寫「老年」（Old Age）：

> 老年是智慧的象徵，經驗豐富……他們已跋涉過生活海岬，表現出豐富的內涵，將生命之屋做了完善的安排，結束了他的工作，準備誕生到永恆的居所。

羅馬詩人荷瑞斯表現的是一種平凡的快樂哲學，他說他不寫英雄詩篇，那是維琪爾份內的事，他不揭開宇宙的神祕，那是洛克里托斯的專長，他不講命運與契機，那是希臘悲劇的特色……但生命必定隱含可歌可泣的英雄詩篇，醞釀著宇宙的奧妙，也或多或少有幾分命運的色彩……人到中年就逐漸能接受悲歡離合的無常，接受自己在人生舞臺所扮演這個角色，對人間的紛紛擾擾，是是非非再也無心去追根究底，對生命所賜下的一切都無怨無尤去接受。

當人類最早發現馬鈴薯，一定沒想到馬鈴薯就埋在地裡，而不是開花結果的長在馬鈴薯樹上，中年也像一株馬鈴薯樹，那美好的東西不是外形，是深埋在內心，那種對人間萬物懷有的寬厚與容忍，對美的事物的鑑賞，內心情感的細緻提昇我們，那是生命中最美好的金秋。

愛默生認為能操縱帆、船桅和蒸汽的舵手是無所畏懼的，能擁有一把好槍的神射手也一樣，和「對手」不論是大海，是戰場，你與它們站在平等地位就無所畏懼了。中年人最強大的對手可能是歲月，如果心裡先有準備，以超越世俗的眼光去面對世俗，豐富內心的世界，培養自己的志趣，如閱讀、繪畫、音樂、插花、園藝、旅遊，以淡泊的心態去接受優雅的年歲的來臨……

雖然生命總要面對夕陽，但在夕陽下金盞菊的顏色特別輝煌，不需要再加上華麗的讚美辭。

——一九九四、九、十・新生副刊

哀樂人生

哀樂人生是
一連串的矛盾，
今天我們踏在
豔陽下，
心中滿懷希望，
快樂像隻雲雀，
明天場景又換了，
我們站在
冷風冷雨中抖擻……

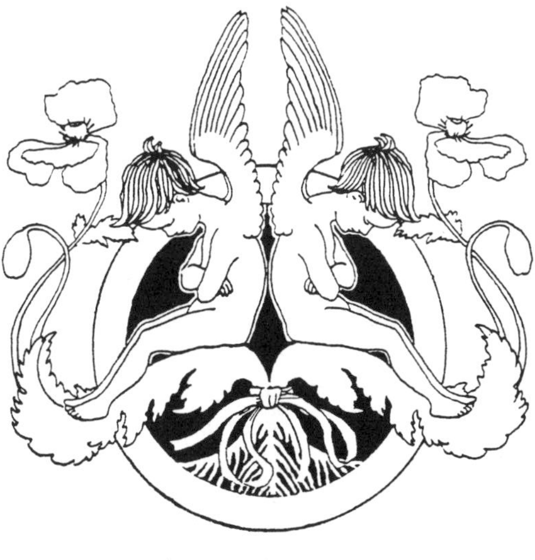

那位戲劇大師莎士比亞遠遠站在舞臺的角落裡，暗暗地嘲笑人類，他將人生看成一場戲，也將人生的角色分為七個階段，最先是嬰兒在保母手臂中啼哭，接著是臉兒光潤的學童拖著蝸牛似的腳步，垂著眼淚，心不甘情不願去上學堂，接著是像爐灶一般長吁短嘆的情人就為了他戀人的眉毛寫下咏嘆調，然後是在砲火上尋求光榮與名譽的軍人，接下來是有著渾圓體型的法官，目光凜然，滿腦子格言，再下去就是龍鍾老叟，而結束最後一場戲最後一個角色是歷史的一幕，是全然的遺忘，是空無所有。

明知人生是一齣戲，戲的結束是莊嚴而富悲劇性的，死亡是嚴肅的主題，凡是人類都逃不過最後的一幕，為什麼在生命過程中我們仍然歌哭歡笑，在生命的季節裡仍然有嚴冬與陽春，我們躲在舞臺幕後偷偷哭泣，又抹乾眼淚跑到臺前唱起生命的禮讚。

哀樂人生是一連串的矛盾，今天我們踏在豔陽下，心中滿懷希望，快樂像隻雲雀，明天場景又換了，我們站在冷風冷雨中抖擻，今天我們戴上一個彩色繽紛像京戲大花臉似的臉譜，忍不住對鏡失笑，明天，我們戴的是漫畫「哭鐵面」那張臉譜，又悲從中來，哭出眼淚……

人生真是折騰人，一波又一波，一折又一折，三更燈火，五更雞，熬過多少苦讀的歲月，好不容易拿到那張寶貝文憑，面對又是尋找職業的難關，去年我們還覺得「畢業即失業」那句話不可信，今年我們已來到渡口。

縱然我們一生無風無浪，幸福美滿，仍然得面對自己的生老病死，仍然得面對失去至親的悲劇，好端端的一家人，那麼互相刻骨銘心的相愛，突然傳來家人身染沈疴，所有和風暖陽的日子霎時間罩上灰濛濛的暮色。

是不是生命的本質就是悲劇性的，所有哲人不但給生命下定義，還試圖在生命中尋求超越與不朽，尼采提出「超人哲學」，愛默生提出「代表人物」，卡萊爾提出「英雄崇拜」，而英國女詩人巴波爾德夫人（Anna Letitia Barbauld）也對生命提出質問：

我不知生命是何種藝術
但我知道我們必然要告別
相遇的時間地點和方式
對我來說是一種玄機
我和你（生命）長日相伴
歷經了陰晴氣候
如今面對與舊友訴別
那種場面令人傷感

悄悄地離去，不要冠於言辭的聲張
選一個我們自己方便的時間
不要說「夜安」——選一個比較
明朗的日子
就在「晨安」中道別

——譯自巴波爾德夫人的《生命，我不知你是何種藝術？》
(*Life, I Know not What thou Art?*)

巴波爾德夫人的筆調婉約、溫馨而又灑脫，對生命雖是那麼眷戀不捨，但在生命的謎題前她一無所知。

蒙田的祖先是酒商，在波爾多附近擁有地產，蒙田並不以自己家世出身感到驕傲，他是第四代貴族，卻將埃康家族的姓氏抹掉，以繼承的領地「蒙田」當成自己的名字。

蒙田三十七歲就退隱到自己領地上，遠避內戰，住進自稱的「隱廬」中享受他自己的天年，他沈浸在書堆中去尋找生命的答案。

希臘悲劇是最攝人心魄的，但人生也不全是悲劇，古代人是透過什麼樣喜劇的角度去看人生呢？希臘喜劇源自慶典的歡宴歌（Comos）而不是悲劇起源的羊歌（Dith yramb），希臘人在Comos中歌讚神、慶賀萬物滋長，是一種生殖的崇拜禮儀，同時也敘述神的趣事。到了西元前五世紀，這種慶賀生殖的儀式就被廢除了，希臘悲劇之父是艾斯奇勒斯（Aeschylus）、喜劇的始祖則是蘇塞寧（Susarion），但舉世聞名的喜劇家是亞理斯多芬（Arislophanes），他受過良好教育，青年時期正逢斯巴達和雅典的戰爭，到了中年，他有感於雅典經年戰爭，生民塗炭，就發抒心中積鬱，寫他的諷刺喜劇，他寫的《亞加尼人》（*The Acharnians*）是世界上第一部反戰思想的喜劇，劇中老人是一位喜劇英雄，因鄉土遭到敵人蹂躪，房舍、田園都荒蕪了，就遣派兒子往斯巴達言和，以個人的勇氣與名譽為鄉土爭取福澤，那時士兵長年征戰，已無士氣，最後亞理斯多芬安排了完滿的結局。

亞理斯多芬還寫過一齣喜劇《鳥》（*The Birds*）。劇中兩位雅典青年對國家政治不滿，就結伴到鳥的國度去旅行，兩位青年就促成眾鳥建造一座城，城造好了，人間的香火就斷了，眾神竟不得不遣派使節和眾鳥談判……此劇看似諷刺文章，其實隱含亞理斯多芬的政治理想。

艾斯奇勒斯的悲劇都是透過悲劇的震顫、嚴肅崇高的精神提昇人性，冶鍊人性，亞理斯多芬則透過喜劇的角度對人生有了另一種詮釋，如果悲劇家都是寫實主義者，喜劇家則帶有幾分理想主義的浪漫，在亞理斯多芬喜劇氛圍中，戰火原可結束，人民可以恢復安居樂業，對一片土地不滿還可以去營造另一處桃源……

我除了像文友所說喜歡徘徊在舊世紀文藝沙龍裡，還喜歡看法國喜劇，在閱讀嚴肅性的文物之外，在寫作與工作之外找到一點休閒的空間，法國喜劇也非驚人之筆，更談不上有亞理斯多芬那樣明確的主題，一般只是反映市井小民的生活，人與人之間的小小摩擦，小人物心中的夢，反面諷刺人性，最後的結局卻是亞理斯多芬似的喜劇結局，溫馨溫暖，人生的風風雨雨都會結束，陽光一定會適時而至，世界還是美好的。

當生命的悲劇壓得我喘不過氣來，我就需要一場暖風、一片暖陽、看一場法國喜劇，讓我及時駐足人生悲劇的絕壁，不至跌落深淵……

——一九九五、六、三・自立晚報副刊

生的危機

經濟、婚姻、情感、事業
都可能形成
生命的危機，
順與逆、得與失
一再出現在
我們生命的過程中，
看來似乎微不足道，
但在逆境中、
在失落中
我們內心其實並不平衡。

今天世界面臨著形形色色的危機，動物的絕種形成生態的不平衡，譬如印度茅里裘斯島上渡渡鳥滅種，一種珍奇的百年老樹也絕跡了。大量捕殺鱷魚，農藥引來的禍患，核子塵造成的污染，生物的滅種，大城空氣的污染、水的污染、愛滋病……。

除了生態環境的危機，生活大環境的危機，便面對自己的危機，經濟、婚姻、情感、事業都可能形成生命的危機，順與逆、得與失一再出現在我們生命的過程中，看來似乎微不足道，但在逆境中、在失落中我們內心其實並不平衡。

中世紀哲學家阿柏拉德寫了《災難史》記述他生命中的坎坷不平，他一生熱愛哲學，甚至放棄遺產追隨名師學哲學，他手不釋卷，且擅長引用邏輯辯論，並完成《聖經》以西結書的註解，可是在中世紀嚴苛教條下，阿柏拉德就因愛上一位美貌的學生海路易斯，而遭到殘忍的宮刑。

太史公司馬遷也遭到宮刑，那是天漢二年，李陵與匈奴戰役中，在無可奈何的情況下李陵投降了，朝中大臣都怪罪李陵，只有司馬遷說了真話，為他辯白；他說李陵有國士之風，將才出眾，已經矢盡力竭，戰敗是不得已的……這就遷怒了武帝，終遭到最悲慘的酷刑。

在希臘三大悲劇家艾斯奇勒斯 (Aeschylus) 、索福克里斯 (Sophocles) 、優力匹蒂斯 (Euripides)的作品多屬命運悲劇，人的危機是來自命運，是不可逆料的，戲劇的衝突是人與命運的衝突，命運劇中最傑出是索福克里斯的《奧德普斯王》（*King Oedipus*），底比斯王命中注定其子將闖下倫理的大悲劇，雷為了防患不幸預言，孩子一生下來，就命人棄之荒野，但受命的人不忍心見王子遭到不幸就令外邦人帶到遠地，長大後回到底比斯為國除害，當時雷奧斯已死，他在國人愛戴下娶了王后成為底比斯王，奧德普斯王成了底比斯王十年之後由於一場瘟疫才揭開命運的謎題，奧知道自己在無意中犯了大錯，就勇敢地執行對自己的處罰，他自抉其目……。

這齣悲劇的危機是來自命運，奧德普斯王一步一步跌入命運的陷阱，所有的命運悲劇都反映古代人的意含，命運是不可抗拒的。但來到優里匹蒂斯的筆下，命運的力量削弱了，人的危機不再來自命運，而是人為。而譬如《希波利都》（*Hippolgeas*）中，希是一位王子抱著獨身主義，父王因母后逝世，娶了繼母菲德娜（Phacdrs），菲德娜竟愛上繼子希，遂演繹成一齣人間悲劇。《希波利都》為優氏贏得當時的戲劇大獎，義大利劇作家辛尼卡與法國劇作家拉辛都以此劇為題，寫出現代風格的悲劇。

《希波利都》塑造一位現代類型的女性菲德娜，她內心的激情與當時社會道德尺度形成了強烈的衝突，生的危機是來自個人而非命運，菲德娜是此劇刻劃最成功的腳色。

危機造成現代人忐忑不安，危機有時也不可避免，譬如婚姻與情感的危機，帶給人內心無可彌補的傷痛，現代人稱為「情感的破裂」、「婚姻的破裂」實在很恰當，那就像一塊水晶，一件瓷器破裂了，無可修補。

危機豐富了戲劇的情節，能利用危機的人在度過危機之後，能帶來更豐碩的人生經驗，譬如婚姻的危機，那原是其命運的另一半突然變成陌路人，在度過那段最傷感的時期後，就應該更堅強勇敢去面對另一種生活了，也許孤單無所依靠，但這世界並不是一個孤絕的世界，人間還有親情、友愛，還有理想和事業，而且人在失去依靠之後，能學得更獨立，更懂得安排自己生活的情趣，也更投入自己的理想與事業中，這也許是上主賜給人的一種補償。

狄摩西尼斯七歲喪父，他和母親只獲得父親留下一小部分遺產，他十分笨拙，連話都說不清楚，後來他接受修辭學的訓練，也苦學法律，成為專業律師，他在出庭前都要預先準備記下自己將在庭上發表的言論，這樣不斷訓練努力，就成了最偉大的演說家，他著《菲立普論》警告雅典百姓要想在世界上存在就先要改革內政的腐敗，他走遍希臘各地，力圖喚起民族意識，聯合各城邦對抗馬其頓菲立普的入侵……。

狄摩西尼斯的不朽來自兩大危機，一是個人，一是時勢，個人的危機是他天生的口拙，就好學不倦訓練自己，時勢的危機是馬其頓菲立普入侵希臘，時勢造就這位英雄，使狄摩西尼斯列入不朽，人們在埃及古代手抄本中發現除了荷馬史詩手抄本，數目最多是狄摩西尼斯的講稿手抄本。

昔西伯拘羑里，演《周易》，仲尼尼陳蔡，作《春秋》，屈原放逐，著《離騷》，左丘失明，厥有《國語》，孫子臏腳，而論《兵法》……

司馬遷受了宮刑，在自古以來以為極大恥辱中，他想到西伯、仲尼、屈原、左丘、孫子等人的遭遇，發揮著作，成就了《史記》輝煌的篇章。阿柏拉德不斷遭到災難的打擊，但一生沒有放棄哲學，他寫給海路易斯的書信，被稱為世界上最偉大的情書，在阿柏拉德看來人在遭到苦難時，仍應該堅持自己的信仰。

人在椎胸慟哭過後，所有的殘局還得靠自己去收拾，對已失去的事物，對自己無法掌握的人間世事刻意咀罵，也是心理上的一種掩飾，何不勇敢面對事實，那不能掌握或已失落的事物曾經是那麼美好，但它已失落了就如莎士比亞所說：

讚美失去的事物，溫暖了記憶。

Praising what is lost makes the remembrance dear.

但不要一味讚美已失去的事物，更應該好好把握今天。

——一九九五、五、四·自立晚報副刊

精神與物質

舒適地
完成生命
是物質的，
輝煌地
表現生命
是精神的。

藝術如果成了生活的複製品，那生活的層次一定相當精神化，生活本身有了詩、小說、戲劇、音樂、繪畫、雕塑的內涵。

如果說文化階層高的人比較重視精神生活，而一般社會大眾比較重視物質，這樣的說法是以百分比來估計的，不是絕對的真實性。

蘇格拉底為哲學家定下崇高的任務，在蘇氏哲學觀中認為人類就如生活在洞窟石壁裡的囚犯，桎梏於生的牢獄中的人類終日面對石壁，看不到光明與真實，而哲學家們早已遠離這座洞窟石壁，見到事物的真相，然後又重回洞窟石壁來幫助受生所桎梏的人類。

哲學家已受過精神的洗禮。

愛因斯坦認為儘管時代潮流十分重視物質，人還是可依持內心品格修養，超越時代與潮流走自己的路，現代人為了冰箱、汽車房子奔波鑽營，這是我們時代的風氣，但也有不少人，他們不鑽營物質，從尋求真理理想中獲得心的自由與寧靜。

這些高精神化的文化人都應該歸於喜愛「逍遙學派」（The Peripatetics），在隱逸的林園中來回踱步，尋求一個無比美好的精神世界，他們相當學院化，學院的名稱是承襲了柏拉圖學園——Academy；但純粹講求精神在現實世界是一齣神話，人每日面對柴米油鹽十分現實，雖說朱門酒肉臭，路有凍死骨的時代早已過去，而饑荒、戰爭、無家可歸的悲劇依然存在我們生活的世界裡，法國每逢嚴冬不知有多少人無家可歸、房東有房子不會出租給一個沒有固定收入的人，寧願讓房子空著——所以在寒冷的冬天地下鐵車站通宵開放，讓流浪漢在裡面覓得一棲身之地，避過寒風冷雨，就算如此，法國每年冬天仍有不少人凍死。

在英國唸書時，晚間赴同學餐聚驅車歸來途中，發現有一醉漢睡在雪地上，我們立刻到附近警察局通知警方人員，最後以警車將此醉漢運走……每逢寒冷的冬天流浪漢也會在大樓公寓的樓梯口覓一夜宿之地，他們通常是深夜來，清早就走，有些好心的鄰人還送給他們毛毯，與避寒的衣服，這些表達人類之間的憐愛悲憫原是無比珍貴，但一切問題還有待社會制度的改善，減少無家可歸的悲劇。

許多作家我們都先讀他的作品，再讀他的小傳，梭羅對《湖濱散記》那種雋永，抒情的優美文體給我極深的印象，從觀察自然的細微抒發為文，他居住在華爾騰湖畔小屋中，過著耕讀的生活，小木屋是他自己造的，用泥粉塗抹室內，還造了壁爐以備嚴冬時取暖，他種地出售自己收成的豆子、玉米、番茄，維持最基本的物質生活，以達成追求精神生活的願望，梭羅極反對人為物質金錢所桎梏。

羅馬詩人荷瑞斯表示他最後所希望的生活是有足夠的書籍與食物以維持自己不陷入精神與物質的貧乏。人不能為金錢所腐化，成為物質的奴役，但像文學天才愛倫坡、夏特頓連溫飽都沒有，尤其是少年天才夏特頓不幸在貧病中自殺，如果天假以年，以他十七歲就能寫出最嚴謹的《仿古詩》的才華，必能將文學這片園地耕耘成繁花之園，貧病為天才敲起喪鐘，當人們追悼這位早逝的天才，輓歌的聲調中含有無比的惋惜。

美國當年在新大陸開創天地，脫離君主政治的約束，並不意味絕對的自由，如果人面對生活絕境經濟上燃眉之急，一家人沒有溫飽，那是另一種生的桎梏，談不上尊嚴自由。英國詩人華茲華斯得享天年，創作源源不斷，逍遙湖上，靠友人的贈款與政府印花稅的收入得以維持生活的尊嚴，終於被戴上英國詩人的桂冠，在夏特頓與華茲華斯之間，後者更令人羨慕。

莎士比亞說：

富有昇平餵養懦夫，堅苦是意志之母。

但生為現代人既不能渾渾噩噩，淪為物質的奴僕，也不能為了理想不顧生計，如何選擇一個精神與物質都不貧乏的局面，不錦衣玉食，能有棲身之所，維持生計，進一步追求精神的富足，這樣的社會才能達到安居樂業的尺度。

舒適地完成生命是物質的，

輝煌地表現生命是精神的。

作家被稱為靈魂的工程師，精神的導師，一般作家在社會上普遍受敬重，現代的文學雖被戲稱為夕陽工業，作家在國家社會依然是中堅分子，尤其現代教育普及文盲大量遞減了，人們普遍有閱讀的能力與習慣，對作家的存在更有一份肯定，縱然如此，能依靠稿費收入生活的作家實在有限，大部分的作家都要有一份職業來維持作家的尊嚴。我們的鄰居詩人L'eon Lervour十四歲開始寫詩，出版了幾本詩集，他說：「那幾本詩集銷路本來就不好，依照法國政府稅制，扣除所得稅到我手中已沒幾文，所以我一直在工作……」最近他因嚴重心臟病，經過一次大手術後已沒法繼續工作，就決定提早退休。

「我的退休金也少得可憐，不過加上我微薄的積蓄與稿費收入，維持生活應該沒問題，現在我已經完全投入詩的世界，醫生不敢保證我能活多久，但活著一天，我就要寫詩。」這位法國詩人的遭遇也反映多數文人的辛酸。

梵谷燃燒了生命，完成了藝術，天才的內心並不平衡，梵谷只是輝煌地表現了生命，並沒有舒適地完成生命，他是天上的一顆殞星，劃過星空，劃出一道永恆的火光。

那種光芒永遠活在我們記憶中，但如果挽回人間的悲劇，我們都願天才活過春秋高壽，為人間留下更完美的傑作。

荷瑞斯晚年遠離煙塵、喧擾，歡宴連連的羅馬市區，在鄉間過起遁隱的生活，耕耘自己那片地，也耕耘屬於他的精神世界——詩歌的園地。荷瑞斯有一種平凡中的偉大，就如人們所形容：

> 他用溫柔的手探測每一處傷痕，使病人在手術時依然微笑！

他以他的快樂哲學，填補人類精神的空虛。

縱然我們都是屬於感性的浪漫主義者，沒有麵包依然能躺在一片如茵的草地上，仰看浮雲，歌讚藍天，但在麵包與靈魂取得均衡的人，更能輝煌地表現生命，發揮創作的才華。

——一九九五、一、十八・自立晚報副刊

在香舍里榭咖啡座上

夜色逐漸籠罩
香舍里榭大道，
有的店亮出燈火，
水濛濛一片，
就好像是
印象派大師的作品，
而象徵古典、舊世紀的建築
凱旋門就立於這幅
印象派大師的畫幅中，
在我看來這兩種美
一點也不衝突……

華茲華斯（William Wordworth）遁隱英國湖區寫他那些洋溢著自然哲學（Philosophy of Nature）的詩章。史高特（Sir Walter Scott）的祖先原是蘇格蘭望族，晚年聲名顯赫時他買下吐威河畔地產，興建阿勃斯佛山莊，在此寫下累篇巨幅以還清經營出版業失敗的巨額債務，並度過晚境。拜倫暢遊歐陸寫下《赫羅德遊記》，一朝醒來名噪天下。

查爾斯·南姆（Chorles Lamb）的靈感來自倫敦鬧區，在史特南街和佛萊德街燈火通明中，在倫敦陽光、塵土、泥濘中寫他幽默的文字，那些信筆拈來，他自認如同老朋友間閒聊的文字，是人間的吉光片羽。而香舍里榭的咖啡座是現代藝術家文人靈感的泉源，沙特就常在咖啡座上思索他的存在主義哲學。

文仙教授是研究語言學的，也是一位美食主義者，他約了幾位朋友，還有他的得意門生一起到香舍里榭大道喝咖啡，當一行人來到香舍里榭，那場面就令人聯想到「出巡」。德國大思想家康德每天都有散步的習慣，他是下午三點半出門，一分不差，康尼堡的居民就形容這例行的散步為「哲學家的出巡」。

選了一處可以遙望凱旋門的咖啡座，文仙教授就先來一段開場白；在咖啡和點心還沒端上桌面，他就先為大夥畫一個餅充充饑，他講的是拿破崙烤鴨的烹飪術，我不敢掠美，也懂得藏而不露的禮教，但心裡免不了嘀咕，中國人也是美食專家啊！如果將那龍蟠之臑，芍藥之醬，薄耆之炙，鮮鯉之鱠，秋黃之蘇，白露之茹，蘭英之酒推到桌面，一定讓世間的大宴小酌黯然失色。

文仙教授的兒子傑是位中國通，他談起在北京、上海、廣州的旅遊經歷如數家珍，他對臺灣的地方戲歌仔戲、布袋戲，甚至臺灣的歌曲小調都很感興趣，在香舍里榭的咖啡座上他低低哼起《望春風》，是位現代的馬可孛羅。

「馬可孛羅前往中國本來決定由海路經過波斯灣，因此路不通，他就由陸路前往，這條路是以前西洋人沒走過的，當馬可孛羅來到中國，他和父親、叔叔三位威尼斯人就成為忽必烈宮廷中的上賓……」傑飲了第一口咖啡就選定馬可孛羅當話題，想當年馬可孛羅少小離家，歲月匆匆，在中國度過二十餘年的時光再回到威尼斯，這位彬彬少年已成為閱歷豐富的中年人了。

在威尼斯和熱內亞人戰爭中，馬可孛羅身任威尼斯戰艦艦長，後來他成了戰俘，在獄中口述他的《馬可孛羅遊記》，由羅斯第西安諾筆錄。那神祕充滿炫麗色彩的遊記令西方人士深深入迷……

「亞美尼亞一座山據說是《聖經》上所記載諾亞方舟停泊的地方……」

「亞歷山大大帝所統治的喬治喬尼亞有一道舉世聞名的鐵門，把韃靼人關在兩座山之間……」

「泰佛斯的噴泉傳說著一樁奇蹟，千萬游魚只在耶穌復活前四十天的四旬節至復活節這段時間出現，其他時候則杳然無蹤……」

「伊拉克修道院的修士編織羊毛腰帶防風溼病，拉克人可以活到一百五十歲，他們吃一種特殊的蔬菜保養牙齒，尚法勃以醜女聞名於世……」從傑開始在座每人談一段有關《馬可孛羅遊記》中的細節，這樣的談話方式很像玩一場益智遊戲。

座中有一位法國美女琳達，人們形容她是玩泥土的人，她是位年輕的雕塑家，她長髮披肩，穿著中國絲製的襯衫、長褲，如玉樹臨風，傑引濟慈的詩句朝著她說：

你是奧林匹斯山凋萎諸神中，最晚、最迷人的形象。

這句詩是濟慈歌詠人間美女泊賽克的句子，琳達很大方地接受傑的贈言，還在他臉頰上輕吻以示謝意。一直保持沈默的年輕詩人德，也是文仙教授的得意門生之一，對琳達也十分傾慕，他為她端咖啡，遞紙巾溫柔而深情地望著她，不知德是否也會像勃朗寧執起天才的筆，以英雄徘偶句（The Heroic Complet）寫出義大利阿封索三世夫人的逸事，《我最後的公爵夫人》

那樣扣人心弦，有戲劇獨白風格的詩句？但琳達並不認為自己是眾人心目中的偶像，她平易近人，待人親切，並專注聆聽別人的談話。

在文學格式中，獨白似自敘的文體，能剖白性靈，表達出個人思想的深度，與藝術是在寂寞中完成的崇高理念，但對話體的文學格式，是智慧凝聚、迸發的火花，譬如《柏拉圖對話錄》就是這類文體的瑰寶，所謂「絕對」沒有瑕疵的理念，是完美主義者的固執，客觀的，為真理而辯的對話體將愈來愈受歡迎。當年柏拉圖以《克利陀篇》、《斐都篇》等記下他老師蘇格拉底最後的留言，現代人三五好友，或文人藝術家的智慧之聚，話題天南地北，範圍也不限於哲學，人人不堅持自己所謂無懈可擊的真理，在對話過程中表現出包容與溫和的氣氛，當話題逐漸變得枯乏無味，座中有人突發奇想，構想出引人入勝的新話題，對話的氣氛突然一百八十度地轉變了……

西元二世紀羅馬散文家路西安（Lacian）擅長寫揶揄諷刺文字，他是希臘人，作品是以希臘文寫的，他還寫了一部小說《真史》，描寫太空船和太陽與月球的星際戰爭，現在這類故事是電視的熱門體裁。他的「諸神對話錄」也將奧林匹斯山上的眾神當成諷刺的對象，唇槍舌劍，永不干休，而《已逝者對話錄》更妙，當聲名、美貌、財富都已化成塵土，死後的人仍為生前那些雞毛蒜皮小事爭論。

文仙教授的同年老友曼老是文藝復興的忠實信徒，對波堤切利的《春》、拉斐爾《西斯廷聖母》、米開蘭基羅《亞當的創造》、達文西《蒙娜麗莎》等不只是欣賞，簡直是崇拜，那都是曼老心中美與藝術的最高境界，而年輕的一輩德、琳達和傑則喜愛印象派大師梵谷、畢沙荷、莫內等人的作品，對馬蒂斯與畢卡索的作品視如天才手筆，在香舍里榭的咖啡座上，

一場小小的爭論就這樣展開了……

「藝術的創作是極為嚴肅的，古典主義講求是精緻、細膩、卓越的藝術技巧，文藝復興是古典的復興，譬如拉斐爾這位烏爾比諾的天才，他畫《西斯廷聖母》就充分運用高度的技巧，這幅畫是世界上最傑出的繪畫之一，它象徵古典的優美與傳統。」曼老首先發言。

「拉斐爾的畫其實也不因襲早期繪畫的傳統，傳統是優美的，我們固然要保存，但現代人的思維是十分靈活的，因襲傳統已無法滿足現代人對美的要求，譬如印象派大師就不因襲傳統，他們有他們一套美的觀念，他們是捕捉大自然光度色彩的大師……」德也不再沈默。

「許多人不能忍受畢卡索超自然主義畫，我一開始也不能接受，但《夜釣翁蒂伯》這幅畫吸引了我，那是天才狂想曲，這幅畫就像我們童年夢境的翻版，划著小船在月夜垂釣，夢幻一般的色彩，生動而變形的人物，構成這幅畫的主題，也增加它的趣味性。」琳達接著說。

「我是寧可花一天時間去欣賞文藝復興的繪畫，也不願意浪費一小時在畢卡索的繪畫，

尤其是他後期的畫，一點都不能引起我的美感。」曼老又說。

古典大師與現代大師一定都同樣抱著嚴肅的創作態度，古典優美的傳統表達他們那時代的特色，現代大師面對時代的變遷，人類心靈的虛空與孤絕，就挖空心思，想賦予藝術新的生命，而所謂古典與現代這類的爭執是不會有結論的。

夜色逐漸籠罩香舍里榭大道，有的店亮出燈火，水濛濛一片，就好像是印象派大師的作品，而象徵古典、舊世紀的建築凱旋門就立於這幅印象派大師的畫幅中，在我看來這兩種美一點也不衝突……

我逐漸感到自己已從這場藝術爭論中淡化出來，像一個電影鏡頭，也許我不如傑、德、與琳達那般年輕，也還沒到達曼老對藝術美那般固執的境地，對世間美與藝術欣賞的尺度就較為寬廣，我去羅浮宮看拉斐爾的畫，去奧塞博物館欣賞印象派大師，都像去赴一場藝術的盛宴。

再過不了片刻，香舍里榭大道就要爆發出燈火輝煌了，我們就在這一刻來臨前，起身依依道別……

——一九九四、十二、十三・中央副刊

海德公園的演說家

這些演說家的身分
來自各行各業，
其中不乏素食主義者、
股票掮客、傳教士、
大學教授、失意的文人
與獨身主義者……

英國人是造園的奇才，海德公園那方綠地是人類夢想的實現，一走進海德公園腳步就變得悠閒了，就搖身一變，尊貴如帝王。

清幽、寧靜是園景藝術家刻意為海德公園營造的氛圍，而海德公園的演說家是唯一破壞這種氛圍而不形成美學上缺陷的一群。

海德公園的演說家是一群豐富而多元化的人物，就像重演喬叟的《坎特布里故事》，將十四世紀的人物搬上二十世紀的舞臺，他們既是海德公園的巡禮者，也是海德公園的進香客。海德公園的演說家一上臺，也許根本沒有臺，只是圍了一圈好奇覓奇的觀眾，這些演說家不需特別的辭彙加以刻畫，他們的性格都鮮明極了。

住在倫敦時，或由牛津、利物浦遠道去倫敦，我經常去海德公園，雖說是去尋找獨處的清靜，卻流連在海德公園那一小圈一小圈的人群當中……

「人說英國的年輕人一踏出大學的校門總要去義大利旅行，像雪萊、濟慈、彌爾頓、白朗寧……」這位演說家的開場白是那麼堂皇。

「羅馬的圓劇場將讓你再回到西元七十五年，再經歷一次時光之旅……在威尼斯哥德式巍峨的建築中，你將看到巴洛克建築的東方色彩，再接受一次文藝復興的洗禮……歌德文章裡描寫過那布勒斯的羊群，但迷人的那布勒斯還有倫敦難得一見的豔陽，有蔚藍的海，翠松，藍色的卡普里，維蘇威火山，夢一般的索倫多……」雖然他的講辭還帶有宣傳作用，他是旅行社的導遊，但他豐富的旅遊知識讓人嘖嘖稱奇。

有的演說家博覽群籍，內涵深蘊，娓娓道來是機智幽默、洗鍊的言辭、含意深遠的絕妙佳句，但畢竟陽春白雪、曲高和寡，人們就形容他講的是高厄《戀人的告白》(*Confesio Amantis*)是講給學者聽的。

一位帶蘇格蘭腔的演說家，姓史高特，他結束演講時引吭高歌，優雅得像朗誦蘇格蘭民謠，群眾也跟著唱起來，歡樂的氣氛互相感染，一群麕集的陌生人，就通過一首歌互相認識了。這些演說家的身分來自各行各業，其中不乏素食主義者、股票掮客、傳教士、大學教授、失意的文人與獨身主義者……雖然葫蘆裡賣的是自己的膏藥，沒有「理」就不能令人心服。

「有一回我聽一位頭戴禮帽，叨著菸斗的老頭演講，一開始就被吸引住，世界上竟有這麼妙語如珠的人，我暗自拍掌叫絕，真想結識這位翹楚人物，但因陪女朋友，她興趣不高，演講沒完就要我開溜，今年我轉到倫敦大學，一走進教室，臺上就站著這位老頭……」友人詹姆斯說出他的「奇遇」。

「人類生來就有自我表現的慾望，海德公園的演說家不但是英國人的傳統，也象徵自由的國家，人人都能自我表達內心對政治、宗教、人類未來，甚至稀奇古怪、五花八門事物的見解、觀念、意願……」詹姆斯又說。西歐人的自我表現慾望比東方人強，甚至貴為帝王也不例外，一六六四年莫里哀應路易十四邀請參加凡爾賽宮連續六天的慶典，路易十四還親自粉墨登場，扮《婚姻》一劇中的吉普賽人演出舞蹈。

一群人正圍著一位傳教士，而且人數不斷增加，他的布道並不枯悶，不是冗長的說教，他講的是《聖經・約伯記》，引申學者研究《聖經》將約伯比喻為普羅米修斯，是人類精神苦難的試金石。當經歷人生百般磨難的約伯苦盡甘來，得到神的酬答，其中有神蹟，但神蹟也要來自人的自助才能獲得天助，約伯堅篤的信仰，不屈的個性是人類自助的最高表現。

那位面帶愁容的年輕人是倫敦大學哲學系應屆畢業生，他站在海德公園的群眾當中，講叔本華的哲學，那神情就像當年叔本華漫步在橘子園裡思考哲學體系，或枯坐特雷斯頓城藝術館裡凝視拉斐爾聖女像，將聖女當成聖哲的化身……

「天才要經過苦難，苦難鑄造天才，莎士比亞與歌德能在文學上有非凡成就，是因他們看到塵世的不完美，而從文學獲得補償……」

「萬事萬物都是通過人類感官而存在，是在時空交錯的幻象中瞬息變幻，什麼是絕對的真實？」儘管叔本華的悲觀哲學已不是二十世紀的時尚，他提出婚姻與愛情都是自然的陷阱，是人類悲劇的源頭。口誅筆伐，令人反感，但他強調人類精神文明的一面，卻吸引了世紀末內心空虛的群眾。

「海德公園的演說家，我向你們致敬！」我想，這是所有海德公園的聽眾都想說的一句話。

——一九九四、一、三十一・聯合副刊

旅人

生命就是旅程，
布列塔尼人被稱為
居家的旅人，
而所有在
生命這段旅程中的過客
都是旅人，
在生命這條長河中
擺渡的船老大
就是我們
自己了！

中世紀的行吟詩人身上揹著樂器，有小皮鼓、風笛、豎琴……他們四處旅行，唱著自己編的曲子，或吟唱民歌民謠；中國雜劇鮮明活潑寫活了貨郎旦張三姑這個角色。早年歐美也有貨郎，為了生計，背負沈重的貨擔子，或以馬拉著載貨的篷車，從一個城市到一個城市；還有托缽的僧人，玩雜耍的賣藝人……他們都是嘗盡了羈旅之苦的旅人。

「旅人」的範疇是相當廣泛的，舉凡出國使節、探險家、離鄉離國到異地旅行的人，或負笈異鄉的學子都是旅人。

生命就是旅程，布列塔尼人被稱為居家的旅人，而所有在生命這段旅程中的過客都是旅人，在生命這條長河中擺渡的船老大就是我們自己了！有的人在安寧之流中擺渡，有的人飛沙走石，驚濤駭浪，或穿越過沙漠般死寂的世界，但不論生命賜給我們怎麼樣的經驗，旅人都像以色列人出埃及走到曠野，接受上主賜下的食物「瑪那」，那樣懷著感激的心情去接受。

在英國辛・瑪・哈蕾德筆下描寫古老的家族出門旅行也是件大事，為了準備行裝就一團忙亂，英國人重視家族的榮耀，他們把舊衣服染色，並用大紅線在袖口繡上家族的標記。婦女們為了當時流行的時裝而吹毛求疵，出門旅行雖講求舒適，可也沒人穿了打補丁的衣服出遠門……

天亮了，草地上還留著朝露，旅人行列已驅車跨過崎嶇的山坡，來到遼闊的草原。那時代旅行還怕半路有人攔劫，所以隨身還攜帶匕首……

旅途是荒涼而寂寞的，偶爾遇上一座教堂，三兩零星農舍，或一家有茅草屋頂的酒店，門柱上以長春藤象徵賣酒的標記，旅人停馬到酒店喝一杯，將肉餡餅包在餐巾裡，就是他們的「便當」。

那時代的小客棧，擁擠不堪，經常家人合鋪而睡，被墊裡的鴨毛戳得人渾身癢癢，可能還有跳蚤，餐桌上擺著嚼不動的肉……可是，旅行仍然是令人感到新鮮興奮的經驗。

喬納達・斯偉夫特的《格列佛遊記》有令人解頤，對人性的諷刺，但引起孩子們的趣味性是他對小人國、巨人國、神駒國繪聲繪影的描寫。我們童年時代最喜歡的《魯賓遜飄流記》就是一部旅人的日記，這位旅人是飄流到一個荒島上生活，面對生存實際的問題，搭棚造屋，尋找食物，記載飄流的年月……作者狄福一定深知人類孤獨時的淒苦，所以又加上神來一筆，讓一位「星期五」出現在人跡罕到的荒島上，陪伴魯賓遜，共同度過這段旅人生涯。

《馬可孛羅遊記》是由羅斯第西安諾筆錄的，這部遊記將東方神祕、富有、神話般的色彩描寫得入木三分，譬如莫非里王國盛產名鑽，巴比倫王國的統治者是位鐵公雞，富有而一毛不拔，最後被鎖在一座滿是金銀財寶的塔裡，饑餓而死……

自小我就愛旅行，小學六年級家父因公出國，後來又自費環遊世界，他每到一個新的國度就寄給我們當地的風景畫冊，並來信介紹當地的見聞。父親對我們教育非常特別，他鼓勵我們讀萬卷書，行萬里路……他到維也納，到巴黎一定要去聽場歌劇，看場戲劇，夜晚披星戴月回到旅館，將劇情簡述的節目表小心保存……。有一年他寄給我一張騎在駱駝背上，背景是金字塔的照片，並來信說起埃及的文明。去年他到大陸旅遊，寄給我的照片是攝於昔日烽煙萬里的長城上，依然一副老旅行家的神情。

旅居歐洲十八年，我們也經常旅行，長期住英國、法國，並不以英國人、法國人自居；填什麼簡歷，總以「旅居」代稱。不論住在異國異鄉多久，我永遠是一個中國寂寞的旅人。

羅曼羅蘭在一次法國北部之旅，火車驀地停在隧道中，車燈全滅，車頭傳出緊急信號，車上旅客驚魂不定，幾分鐘後，火車駛出隧道，他看到陽光下的野地、綠草，遁入九宵的雲雀，他歡呼著：「所有這一切都是屬於我的！」旅人在困頓的行旅中，也經常發現那種驚喜。有一回，我們去造訪一座宮殿，那宮殿像一座迷宮，因一時不小心，沒順著指標方向走，竟在裡頭打轉，驀然間發現一間像石窟似的展覽室，掛滿了畫；這座宮殿年代已久，沒有現代的暖氣設備，壁燈裡還燃燒著炭火，那多麼像保存早期壁畫的克孜爾石窟與敦煌莫高窟，就在這一刻，我感到自己是多麼富足，我像這畫室的主人，完全沈醉在自己所營造藝術美的氛圍中……

在長程行旅中，累了走入一片林中歇息，意外的竟發現那幅在羅浮博物館看到的畫；柯羅的《仙舞》，在大樹的濃蔭下依然有一片空間，林中到處是羊齒植物，天空是寶石藍與玫瑰色混成的色調。柯羅的畫將人間與仙境的美凝成一片，林中舞蹈的仙女與酣夢初醒的牧人，一是人間，一是仙境；柯羅擅長描寫生命的歡悅，這種歡悅的氣氛是在詩意中醞釀出來的。他以速寫的技巧畫下生命瞬間即逝的美感，與捕捉記憶中的浮光掠影。

旅人在旅程中所發現的驚喜是描寫不完的，就在葉與葉之間，丘陵與丘陵之間，在一望無際的碧波間體會大自然的奧妙……黃昏時分在美麗的山谷中找到一間優雅的小客棧，歇下來，面對滿山滿谷的紅花綠樹……夜間面對一片靜湖，欣賞水中星星映下的銀色漩渦……在曙光微透的清晨醒來，推開窗，發現晶亮的露滴顫動在冰涼的葉間，群鳥雖隱藏起蹤跡，林中到處是歡歌喜唱，花朵含苞擺出晨禱的姿態，展翅的蝶群在草原上形成美的波浪……

像哥倫布從西班牙出發橫渡大西洋發現新大陸；像玄奘到印度取經，越過戈壁，經天山，沿伊塞克湖，再循著亞歷山大大帝的旅蹤……歷時十四年那樣艱巨的旅程，我們這一代的旅人也許沒有經歷過，但生命就是旅程，在生命這條長河中擺渡的船老大，或越過華實遍野，土地沃壤的鄉城，或越過荒涼貧瘠、浩瀚的大漠，都會一樣珍惜這段生命之旅。

——一九九四、十一、十三・世界日報副刊

冬之旅

季節走過，
在茫茫的雪野中，
春天好像
從來沒有
存在過……

北威爾斯的盧都若——維那塔的聯想

波羅地海芙林島上有一座古城：維那塔，在一一八四年被丹麥人所毀，於是民間就傳說一個美麗的典故；這座古城已為深海所埋，海上的漁人經常可以聽到詭謎的鐘聲，看到古城宏偉的映影……

我們童年都會唱的一首歌《菩提樹》舒伯特作曲，填詞的人就是威廉繆勒(Wilhm Muiller)，他以「維那塔」寫過一首詩，由布拉姆斯作曲，他說：

一個瑰麗的世界已被沈埋，
斷垣廢壁的記憶依舊留在心底，
它經常閃爍絕妙的金色火光
在我淚之鏡中映現。

寒冬十二月來到英國威爾斯的盧都若，這座濱海觀光勝地已褪盡了夏日繁豔的色澤，古色古香的馬車穿街而過，背景是灰濛濛的大海，讓人產生一種錯覺，似乎那馬車也走在淺水灘上，將這座城，這繁華的街道都給遺落在一邊了，這時我就想起繆勒筆下的「維那塔」。

零零落落的雪花飄在風裡，美得就像大屯山下那個等流星雨的夜晚，那個夜晚，我期待竟是一個來自星宿間的夢。

如果能再擁有那樣一個等流星雨的夜晚，如果能再浪漫地許一個願，那也一定不會像巴比倫史詩中的依泰那騎在鷹上高唱大地的消失那般灑脫，那個願也一定會染上幾分宿命的色彩……

在倥傯羈旅中有時也會感到如希臘將領亞歷山大・愈伯南弟，在反抗土耳其統治戰敗後被囚進蒙卡茨獄中的心情，他自囚窗向外望是一片荒涼的大地，群鴉聚集，鷹隼飛繞，奇岩間，急風飛馳，星月黯然……

搭登山纜車效依泰那騎鷹飛翔，千折百疊，愈升愈高，鋪敷大地不再是一簇簇由彤紅色、蔥鬱的翠綠色，鑲嵌在岩石間的野花野草，而是一場薄雪……

一般我們選擇旅行的季節都在夏秋之間，夜晚，昏黃的月影會將大地搖入夢鄉，輕柔的風兒展開輕捷的羽翼，從敞開的窗戶將馥郁的花香送了進來……清晨輝煌的原野以燦爛的繽紛迎接我，那是遍地綻放的野薔薇……

寒冬時節來盧都若純粹是舊地重遊，人說美感不能重複，但季節是盧都若這座舞臺的場景，場景的變換，就激發新的美感情緒，自高處向下俯瞰，褪去繁豔色澤的盧都若，獨自住在白濛濛灰濛濛的世界，像一位苦行僧，已遁入內心那座聖堂，緘默的神容隱藏著莫大的智慧，我又想起維那塔。

那瑟音迴響在時間的長廊裡——記阿房河上的史特拉福鎮

濟慈、雪萊、拜倫都手持一只詩的聖杯，將那瓊漿玉液般的句子裝進這只聖杯裡，

人們飲起那樣一杯詩酒，就會醉在醇美中……

書香人家的書櫃裡也許不收藏拜倫、雪萊、濟慈的詩集，但一定會有一本題名為威廉・莎士比亞的戲劇。

英國人將演員出身的貴族如勞倫斯奧立佛、亞歷堅尼斯都冠上「爵士」，曾經串演過莎士比亞的優伶，如亨利・歐文、沙爾維尼等人都享盡了盛名，班強生說：「莎士比亞優美的文采，輝煌地呈現出他的思想與天才。」

白駒過隙的人生，疾馳的歲月將生命一寸寸地竊走，一寸寸磨損，莎士比亞說：

時間破壞了青春的雕飾，在美人額上挖掘溝紋，饕餮了麗質天生的稀世奇姝，一切都逃不過時間的鐮刀。

但莎士比亞的跫音永遠迴響在時間的長廊裡……

在黃昏暮色中，有一座城市靜靜躺在阿房河上，有炊煙，有晚禱的鐘聲，劇院裡也許正上演《羅密歐與茱麗葉》、《李爾王》、《奧賽羅》、《哈姆雷特》或《麥克佩斯》……那就是史特拉福鎮。

人們從文學史的書卷中翻讀不朽的一頁，年幼的莎士比亞就懂得Stone與one，Bresse與trees押韻……他走向通往威爾康比的小徑上，獨自坐在石階上，看著河與河邊的教堂，芒草屋頂和鄉村小屋的煙囪，他感到內心有某種東西在翻騰，那異樣的感覺也出現在一家人晚間在燭光下聽音樂和唱歌兒時，或在晨間清新的空氣中醒來時，年幼的他絕沒夢想他有一天會成為最偉大的戲劇家，一五六四年他生於史特拉福鎮，晚年他從輝煌盛名中遁隱，再回到故鄉史特拉福鎮，一六一六年就在此逝世。

霰雪紛紛落在莎士比亞塑像上，塑像四周是他戲劇裡的四位人物，這座塑像不是誌生誌死的碑石，而是象徵文學最高的榮譽。那枝經過生命的爐火風箱錘煉出來的如椽巨筆，就如

《暴風雨》中那件魔衣，再回到自己的鄉土，也褪去塵世的束縛……

人最後都回到自己那片鄉土，那片孕育生命、熱情、眼淚，或歡笑的土地，那片不必在世間尋尋覓覓的桃源美地，那也許不是高懸絕嶺，下瞰箐篁叢疊的一方奇景，只是夏日林中的一場雨，我們仍然給它一個美喻名為「落翠」的一個地方……

古希臘人將不朽的詩章塗上松脂，珍藏在柏木匣中，莎士比亞的戲劇也將永遠留在文學史的錦匣中。

爐石已寒的一刻——記格拉斯密華茲華斯的「鴿築」

有一個人在星子、雛菊、水仙、加利思海岸的黃昏體悟造物主高貴的饋贈，他就是英國詩人華茲華斯。

一路走來是英國「湖區」（The Lake District）典型石鑿建築，石板瓦，石築的牆，水磨石砌成的鄉村教堂……。

湖不再隱藏在山林間，落光葉子的樹林，反而將湖的幽麗呈露出來，原野上也不再有藍色的風信子與白色的鈴蘭花，而是一片雪野。

格拉斯密在雨雪霏霏中格外冷清，來造訪華茲華斯住過七年的鴿築（Dove Cottage）除了我們，還有一對美國夫婦，是英國文學迷，他們幽默地說在這樣季節來到「鴿築」，純粹是來會晤詩人的靈魂。

華茲華斯偏愛紫杉，在格拉斯密教堂墓園裡他親自種下一排紫杉，他的墓就在紫杉木下……他崇尚大自然，也寫過極美的情詩，題名為《露西組詩》，是一七九九年旅居德國時執筆的。露西是永恆的謎題，她獨自住在人跡罕到西沈月色下的小屋，與「野鴿泉」（The Springs of Dove）比鄰，她像生長在青苔石傍的紫羅蘭若隱若現，卻美如星辰……。

希臘犬儒派哲學家戴奧尼斯（Diogenes Von Sinope）喜愛置身木桶中享受日光浴，他清心寡慾，隨遇而安。同是哲學先驅卡拉魯斯（Calanus）曾經追隨亞歷山大大帝遠征，並預言亞歷山大大帝最後的悲劇，這樣高度智慧的人物竟無法安享他的晚年，他因恐懼衰老而引火自焚。

華茲華斯的哲學以人生、造物主、大自然為思想的基礎，大自然的美是人性昇華的激素，他像希臘西元前六世紀的詩人安克萊翁，享盡了榮耀，並度過春秋高壽，他成了英國的桂冠詩人。

落宿在格拉斯密一家旅館，夜裡奇寒，無法入睡，獨自守在爐石已寒的壁爐邊，聽窗外寒風呼嘯，在燈下讀華茲華斯的詩集：

靜謐而美麗的黃昏，
這神聖的一刻令人屏息，
宛如虔敬的修女一般肅穆。

——譯自華茲華斯《加利思海岸的黃昏》

沒有飄浮不定的夢痕，將「昨天」的情節寫進「今天」這齣劇中，華茲華斯一生都在平靜恬淡中度過，在一個已逝的格拉斯密寒夜裡，他一定聽到風在山壁間響起回聲，風是從沉睡的大地向這裡吹來，於是在風所捎來的訊息中，他期待水仙，期待四月的春雨，期待「獨自閒遊，如一朵孤雲。」(I wandered lonely as a cloud.)

——一九九四、二、十八·新生副刊

黃金階梯

——致少女書

少女心中的幸福
常常寄託在
另一個人身上，
以為覓得理想對象
就是幸福，
那是將幸福
局限在
極小的範圍中。

惜時

英國畫家班・瓊斯以八年時間完成《黃金階梯》，美麗的少女攀登在那樣一座黃金階梯，一座沒有盡頭的階梯……

黃金階梯就如少女的黃金歲月，在人生這片園囿中，你們都還是一株幼苗，要仰賴知識、毅力、修養、品格來使這株幼苗蓬勃茁長。

青春是極珍貴的，但也凋零得特別快，就因為它凋零得快，人們就有了錯誤的想法，何不乘此青春年華及時玩樂，但青春是不能任意揮霍的，用逸樂去粉飾的青春是蒼白的，儘管揮霍起來十分炫目，畢竟像肥皂泡沫，那種炫目是假象，一剎那就不見了。

人在年少的時候，最通不過要算情關，根據資料統計，少男少女的初戀大部分是令人心碎的，受到家庭、經濟能力、自身條件的羈絆，難有初戀就順利步上紅毯那一端，何況初戀是夢幻般美的旋律，戀人陶醉在詩一般蕩氣迴腸的氣氛中，就把現實緊閉在大門外，一旦面對生活，所有的詩與美夢都破碎了……

一齣歌劇《霍夫曼的故事》是根據十八世紀詩人霍夫曼的原著改編的。故事中的詩人（主角）在一位富翁家裡欣賞他收集的許多玩偶，其中有一個少女玩偶美豔絕倫，一撥動發條，少女玩偶就唱出優美的歌聲，舞出迷人的舞步，詩人戴上一副魔術眼鏡，所有幻象轉眼成真，詩人墜入情網，可惜命運這位魔術師一再玩弄他的把戲，霎時少女玩偶已成斷肢殘屍，詩人惆悵萬分……

當情感已成斷肢殘屍之後，就要再鼓起生之勇氣，勇敢地邁向人生的另一個階段。

有一句諺語說：

時間所造成的悲哀，永遠不會出現在辛勤的蜜蜂之中。

辛勤，就是懂得惜時，在你們這時候，記憶和吸收能力都特別強，一定要珍惜美好時光，充實自己。

年少不識愁滋味

年少不識愁滋味？但許多少女都是多愁善感的，十九歲少女莎岡就是以《日安，憂鬱》

揚名世界文壇。

再深一層去看《黃金階梯》這幅畫，少女們走在生命中最美的時光——黃金階梯上，然後步出生命的大門，走出這個世界，這幅畫耐人尋味處就是隱含象徵主義的色彩，可以從各個角度去揣測朦朧含意……

塞萬提斯說：

時間如急湍奔流，一去不還，永不停駐。

莎士比亞說：

時間隨著日晷上潛移的暗影，悄悄地跨向亙古。

傷逝本是屬於中老年人的感觸，但少女感情敏銳，這時就會有面對花凋月落所引起的感傷情懷，但過分的傷感會削減生命的勇氣，在美好的黃金歲月中，應該化悲哀為力量，為愛你們與你們所愛的人珍惜自己。

人稱哲學家叔本華為悲觀大師，但他有強烈的求知慾，博覽群籍，閱讀的範圍十分廣泛，舉凡生物、天文、醫學、自然史、植物學、人種學等他都積極涉獵……

儘管人生是在時空交錯這部映像機裡瞬息變幻，儘管人間百年也不過幻夢一場。叔本華依舊好學不倦，建立自己思維的天地，進而悟出一套人生哲學，就這方面來說悲觀大師其實並不悲觀。

願殷憂能啟聖，而不是讓悲觀將美好的歲月給葬送了。

「幸福」是大家最關心的，它的限度到底有多廣？我們中到底有什麼人可以自稱幸福？人不過以蠡測海的尺度去測量幸福，少女心中的幸福常常寄託在另一個人身上，以為覓得理想對象就是幸福，那是將幸福局限在極小的範圍中。

屠格涅夫說：

> 你想成為幸福的人，就得學會吃苦。

中國作家茅盾說：

人在希望中長大……路不平坦，我們這一輩人本來誰也不曾走過平坦的路，不過，摸索而碰壁，跌倒又爬起，迂迴而再進……

幸福這座高塔需要一磚一石層層疊起，建造這座塔不是空中樓閣，單憑夢幻與理想，更不是把它當賭注，全憑下一次賭，譬如婚姻，將幸福寄託在另一半身上。

建造這座塔憑靠四種力量，就是智力、勞力、體力、毅力，沒有健康的身體就無法走完人生這段長遠的路程，沒有貯存足夠的知識、智慧，就不足應付人生的困境，有了體力、智力再加上勞力、毅力，一步步去營建這座高塔，這份得來的幸福才是紮實的。

祝福你，步在黃金階梯上的少女，願你們有一天會站在自己雙手所構築的高塔上，瀏覽穹蒼與大地的絕美景色。

——一九九四、五、二・青年日報副刊

山居四章

林中沒有寒鴉沈吟，
流水嗚咽，
下雪後
冬日的蕭條
就不存在了，
偌大的林子
本已掉光的葉子，
一刹時滿樹晶瑩，
掛滿銀白透明的
花與葉……

盛宴

每年，我都會選擇一個季節，老遠從凡爾賽來到僻寂的山野，對異鄉人來說，家是在另一片土地上，迢遠的山路並不讓異鄉人感到羈旅之苦，異鄉人像托缽的苦行僧，走遍了地北天南，逐漸習慣將生命當成旅途。

這回上山，我並不像往常選擇一處清幽的小旅棧，來度過我山中假期，住在山野人間的莊園裡，才深入體味山民淳樸、歡樂的生活。

阿爾卑斯山民多數以牧羊為生，在英國女作家辛・瑪・哈蕾德的筆下，將科茨渥德小鎮的牧羊人描寫得細膩無比，每逢剪羊毛晚餐，村民舉行通宵舞會，男士穿上最體面的束腰背心、緊身褲、貼身短上衣、罩褂，女士們也是渾身上下打扮的十分闊綽，一桶又一桶的啤酒、蘋果酒、梨酒都從酒窖內搬出來，按照古老傳統，必需烤整隻羊來待客。

我上山時正趕上山民秋後的盛宴，莊園主人尼古拉夫婦為了張羅吃的頗費周折。夫婦二人將烤肉架從屋裡抬出來，從酒窖內搬出自製的香醇美酒，一串串醃過的肉堆得高高的，生菜裝在托盤中，自焙的蛋糕有巧克力、椰子、什錦水果、胡桃各類風味。

盛宴是黃昏就開始，被邀請都是左鄰右舍的居民、神父、小市鎮的市長大人。時間是在萬靈節之後。

遠處寸草不生的山脊沐浴在夕陽中，像塗上一層金粉，天色慢慢暗了，天空在水墨渲染下已消失那一抹碧藍，但山野並不沈寂，賓客喧鬧聲、談笑聲，充塞山野間。尼古拉夫婦的女兒琴涅，像生長在幽谷中的百合，她換下平日的牛仔衣褲，穿起絲織的白色洋裝，修長的身段，健康的膚色，像來自北歐的美人。有些牧羊的鄰居雖已換洗，穿上體面的衣服，依然在晚風中傳送一股羊羶味，不過那味道一點也不惹人噁心。

教堂傳來晚禱的鐘聲，林鳥的噪鳴也成了絕響，驚鴻一瞥是林中小狐狸、野兔、山鼠，牠們踟躕著，在遠處張望，也羨慕人間這樣的盛會。

「一顆星出現了，來，我們就為這顆星乾一杯！」賓客中有人這麼說，一剎時喧鬧聲突然沒了，山野又恢復寂靜，突然像中國大詩人李白那樣舉杯邀明月，賓客嚴肅地舉杯邀星共飲。

「星星也醉了……」尼古拉先生說。

「醉眼看醉眼，當然你看到的星星也醉了。」市長大人一回答，就爆起一陣譁笑聲。

盛宴一直持續到午夜，遠道而來的賓客都在尼古拉夫婦家落宿。當萬籟沈寂，剩下的餘與就留給出來覓食的小動物了。

雲的故鄉

尼古拉夫婦家有架舊的紡紗機，琴涅胳肢窩裡揣著紡紗杆，極為熟巧地拋扔紡錘，一邊兒聊天，一邊兒紡紗織布，琴涅經常紡幾軸布來自製衣衫，我看著琴涅紡紗，流雲飄浮在窗前，那似乎是希臘神話的阿蕾克妮在紡著一匹像雲一般透明的薄紗……

「走！我帶你們上山去看一座教堂，你們會喜歡那建築。」琴涅知道外子是學建築的，一上山來就充當導遊，主動帶我們觀光，並介紹幾幢別致的建築。

我們人已在兩千尺以上的高山，琴涅所謂上山更是驚險，外子開車在雲中穿馳，那山路不是面臨懸崖，就是鬱林衝天。我們終於看到那座像堡壘似的教堂，教堂前面是一片麥田，通往教堂的小徑都長滿了白色像菱鏡形狀的野花，幾乎將土徑都給荒埋了。

居高俯瞰，雲都在我們腳下了。

「鄉野的人在禮拜天懷著虔誠的心情上山來望彌撒，我們不知道這座教堂建在什麼年代，也不知它經歷了怎麼樣的歷史背景，但鄉野的人總是懷著朝聖的心情上來。」琴涅說。

「鄉野的人沒有奢華的夢想，最多是祈禱羊的價錢賣得好些，生活能獲得改善，一家人和樂平安。」琴涅一邊說一邊以手劃「聖禮」。

「小時候是祖父母領我上山，如今他們都過世了，他們的墓碑就留在教堂的墓園裡。」琴涅隨手採了幾朵像菱鏡不知名的野花，用長長的草束成花束，來到教堂墓園裡，獻給祖父母的墓碑前。

我望著那刻著所謂「名字」這個符號的碑石，想生命原來也是一種契機，就像孩子們在地上玩著打陀螺的遊戲，在「收」與「放」的操縱下也隱含契機。總有一天，生命會面臨放手的一刻，那旋轉的陀螺突然不被控制在我們手中，它急速快轉後突然靜止了，生命就進入涅槃，進入永恆的寂靜。

凝結的雲團就飄在教堂墓園的四周，這些安息的靈魂已經回到雲的故鄉。

下山時，我們路經一處山村，半弓形的石橋映在水面，橋欄邊兒爬滿葛藤，開著逗人的小花，幾幢白色的建築躲在綠樹間。

「這些山村都是雲的故鄉。」琴涅突然像詩人般歌吟著。

第一場雪

山中第一場雪是什麼時辰飄落的，誰都不能肯定說出準確的時間。那一定是在午夜之後，人們都已進入夢鄉，古老的座鐘滴答滴答地擺動，夜靜悄悄的，連傳說中希臘神話菲羅美拉皇后化身的夜鶯也停止牠哀傷的夜歌……

雪無聲無息地鋪滿了山間野地，好讓人們從睡夢中醒來，先來一場驚豔！

早餐後，琴涅興致好，就說：「踏雪去！」

我們的腳在厚厚積雪上踩下深深的腳印，穿過一片紫杉林，走入一片落葉林，就為看雪樹銀花的奇景。

林中沒有寒鴉沈吟，流水嗚咽，下雪後冬日的蕭條就不存在了，偌大的林子本已掉光的葉子，一剎時滿樹晶瑩，掛滿銀白透明的花與葉……琴涅天真抓了一團雪嚐，就像嚐一團冰糖粉。

走出林中，我們又去一處山谷踏雪，這也是一處村落，想像四季那種歡樂的景象，牧羊人關上羊欄的柵門，唱著歌兒穿越過開遍野百合的山野，山溪畔蘆草深處傳來水鷗輕語，鄰人互相呼喚，將心中快樂的種子傳播給對方。

「下雪時，人就像活在一場不醒的美夢中。」琴涅意味深長地說。

下山

下第一場雪後，阿爾卑斯山村氣候遽然下降，屋裡燒起熊熊炭火，依然感到寒冷，我們就決定在暴風雪還沒來臨之前下山。

走出屋外，看到一隻小鼠四處覓食，突然想起勞勃彭斯《致蹊鼠》一詩，當詩人看到犁下偷生驚慌失措的蹊鼠就動了悲憫之心，詩人以小蹊鼠比喻自己的命運……

勞勃彭斯也是流星一閃的天才，他在貧病中憂鬱死去，共活了短短的三十七年，但這顆流星的光芒掃射過整個蘇格蘭的星空，不但是他的故鄉蘇格蘭，只要是英語系的國家，他的名字 Burns 就留在那裡永誌不忘，英國有彭斯紀念館，他年輕彗星似的形象，就在繆斯女神絲袍披蔭下……

當人們朗讀彭斯為「老馬麥琪」所寫的詩，就會黯然淚下而永遠懷念這位天才……

我忠實的老馬麥琪啊！
別以為你不應該得到畜養，
生命的晚年也許以餓死結束，
但最後的一擔麥，
一把，兩把，我總會留著，
留著給你。

我將箱子上鎖，女兒也將琴涅送她的一束山花串成的胸飾，收進錦盒中，鎖進她的箱子裡。早餐桌上，大家依依惜別。「希望你們一家明年早些上山，希望在萬靈節之前，還來得及欣賞山上的金秋。」尼古拉太太熱情地說。

「喜歡山中生活嗎？我們將來到山中買幢小屋，來過田園生活。」外子在下山途中這麼說。而世事浮沈，人是無法計畫最準確的將來，就像山中第一場雪，來得那麼突然，誰也算不準是什麼時辰，唯一我們所能掌握就是現在這一刻，譬如看到雪樹銀花那種令人驚豔的美，就留住那一刻，讓我們活在一場不醒的美夢中。

——一九九四、二、二十二・中央副刊

伏爾加河之夢

雖然金色的樹叢搖曳
以白樺樹的話語婉約相勸，
仙鶴依舊沒有留戀，
悲傷展翼而去……

在俄羅斯田園詩人葉賽寧的筆下，敘述黑海謎樣的波濤，巴拉罕的五月，巴庫是金色的玫瑰，開在丁香的煙霧中，在燃燒爐火溫暖的小屋前，春雪落在蘋果樹上，木輪車咿呀地響著，在藍色的雨點中，八月正靜悄悄依在籬笆上出神……

但我的朋友安娜是來自伏爾加河。

伏爾加河被稱為「俄羅斯的母親」，發源於俄羅斯北部丘陵地帶，經過七個省，自遜艾斯特拉罕注入黑海，這河寫著長而又長俄羅斯的歷史。

伏爾加河流域至沙馬拉一帶，兩岸蒼松屹立，峽谷懸崖形成極美的景觀，當河流經過廣大的平原，長河兩岸野馬奔騰……

我對伏爾加河最初的印象是來自俄羅斯畫家列賓《伏爾加河上的縴夫》，它，讓我想到羅丹雕塑《加萊義民》的精神。在廣大遼遠的大河上，俄羅斯人民以血淚、以汗珠去灌溉大地，這幅畫現在珍藏於莫斯科國立特里柴可夫畫廊。

列賓生長在南俄羅斯的一座鄉城，伏爾加河日夜奔流，那些負載貨物的大駁船，春秋兩季巨風捲起浪花，畫中的縴夫像浮雕一般，用刀筆似的刻痕刻在我腦中。

「在水霧朦朧的秋天早晨，村人拂曉即起，農人的嘶喊聲，牡牛的嗥叫聲此起彼落……」

在安娜流利的英文信中，伏爾加河就這樣悄悄進入我夢中……

「婦女們都像俄羅斯大媽那樣紮著頭巾，在我小時候，我的異母姐姐就是這種裝扮，她長得非常美，她是位牧羊女，她領著羊群漫步在平原上，那羊兒貪嘴磨磨蹭蹭地啃著青草……她披星戴月歸來時，解去頭巾，將臉上沾染的霜露輕輕拂去，那動作就像一幅畫……」

在讀信時我也進入那幅畫中，安娜的異母姐姐就會換成米勒畫中的《牧羊女》，米勒是以暗晦色的黃、褐、綠作底色，混上檸檬黃、朱紅、深青色來畫這幅畫，米勒也是以宗教虔敬的心情作畫，畫《牧羊女》總令人想起那位牧羊聖女，巴黎的守護神嘉奴見寶。

就在五月紫丁香盛開的季節，安娜來了，老遠自伏爾加河乘到巴黎……

安娜是我在英國牛津唸書時的同學，她是班上唯一的俄國人，那時她已是兩位孩子的母親。她沈默寡言，神情肅穆，她的衣著特別樸素，不是青灰色，就是暗藍色……她似乎就是俄國文豪筆下的典型人物，不是托爾斯泰《戰爭與和平》、《安娜・卡列尼娜》貴族般的人物，不含著像屠格涅夫《春潮》那樣淒婉女性的美，倒像那些背負著俄國農人悲劇命運的人物。

安娜卻是班中最用功最認真的學生，她的英文根底深厚，全靠她自學得來，每回在圖書館裡總會與她不期而遇，她總是最早進圖書館，最晚離去的那一位，日子久了，我們竟成了知交……

在哥德式的飯廳裡，面對歷經五百年橡木天花板，懸掛歷屆大學院長的畫像，在炫耀古老傳統與學術權威的氛圍中，我們共用晚餐。

漫步在黑色椽木柱子與雕樑畫棟迷宮似的迴廊中，話題是由秉承所有文學天賦的「普希金」開始，他是俄羅斯文學的靈魂，葉賽寧就嘗以草原般荒涼的詩書，來歌吟這位俄國文學之父，他說：

我站在特維斯塞街心的花園裏，
默然沈吟，
景仰那一代驚人的天才
他象徵俄羅斯的命運。

當話題轉到寫《卡拉馬助夫兄弟們》的杜斯妥也夫斯基，安娜的心情就格外沈重，在杜氏小說中深刻地涉及生的悲哀，他青年時代因參與革命被送到西伯利亞……讀他的《罪與罰》、《死屋的回憶》令人顫慄，他自俄羅斯芸芸眾生中獵取題材，那裡沒有西方小說所呈現的和諧與戲謔……

「俄羅斯的文學家是將生命的重擔負荷在自己雙肩上……」安娜說，那神色是憂鬱的。

「不過就以在巴黎度過大半生的屠格涅夫來說，他也是美與藝術的化身那類人物……」我將我的看法透露給安娜。

「所以托爾斯泰與杜斯妥也夫斯基都認為他是法國化了……」安娜說。

安娜對中國懷著謎一般的玄想；聽說北大興安嶺上是遍地的雪松與落葉松……

聽說黑龍江白山黑水……長白丘陵有窩集之稱，是一片樹海……

鄉愁是會感染的，我常對安娜說起武嶺山下南中國的故鄉，但說得最多是我生長的臺灣，在一個夜泊谷關的晚上，我聽到來自岑寂山谷間夏蟲的謳歌，木魚聲和梵唱，我為她講谷關那幅石的奇景；渙谷奔雲，錯若置碁……，梨山氤氳的雲，那雲在我少女時代漾溢著波斯詩人亞摩客耶的「花塚」與明妃的「青塚」，詩意與悲劇性的美，還有那傴僂如臥龍、長藤盤繞如美髯客，臨絕崖面懸壁的古柏古松……

結束牛津的學業，安娜就束裝回國，那天，我幫她整理箱子，箱子裡還擱著一雙已修補過幾次的舊皮鞋，幾套褪了色的舊衣服，她自奉儉樸，從不糟蹋寸繩片紙。

「我生長在物質貧乏的環境中，小時候家裡窮，冬日寒冷，十一月窗玻璃上都結了霜，壁爐裡還沒燒炭火，姐姐和我就到附近林子裡去撿枯枝，姐妹倆辛勤撿了一上午，才不過換來片刻的暖和，枯枝燃燒的快，不像炭火……」

「鄉下人家要吃頓好的，也經常要等到節日的時候，小時候才最盼望過節，穿起光鮮的衣服，髮辮梳得油亮亮的，蛋糕和烤肉的香味令人嘴饞，每逢過節，姐姐就穿起那套只有舞會時才穿的長裙，那時候村子裡的姑娘就數她最美……」

「我母親早逝，父親再婚後，繼母帶了姐姐跟我們住在一塊，姐姐待我真好，家裡粗重活兒全她一個人做，她要我好好讀書，不要埋沒在鄉野中，繼母身子不好，嫁了父親後不久也死了，長姐若母，她照顧我無微不至……」就在離別前夕，安娜又與我談起往事。

安娜的行裝除了舊衣服、舊鞋子外就是書，她逛遍了牛津大大小小的書店，有些精裝本的書價格太貴她買不起，我看她拿起書來輕輕撫摸燙金的封面，又依依不捨地割愛，那種情景令人心酸，當她下定決心買下全套莎士比亞的戲劇，就忍不住說：「我好奢侈！」

我們一邊理箱子，一邊談著，窗外，牛津古城籠罩在晚夏黃昏暮色中，飄來陣陣薔薇的香味……我似乎看到了柯爾雷治的古渡孤舟航行在窗前，載了滿船的驚奇，美與智慧，那不是來自《浮士德》的名言；令千百船舶沈埋水底，令聳峙的以利安塔燒燬的妍容——海倫的美貌，而是莎翁名劇《暴風雨》裡的警言；「我們渺小的一生是被造夢者所造的夢……」是班強生那不是來自梟，而是來自雲雀的歌調，是開遍了華茲華斯和海立克所種植的水仙（二位詩人都相繼以「水仙」為題寫詩）……

對這座古城來說，我們都是過客，來去匆匆，有一天時光也會將塵土當成我們的餽贈，在我們身上找不到永恆，但我們也曾像位苦修士守在苦修庵裡，為了尋找知識玄妙的微光，依在裝飾聖經故事圖案的窗牖邊兒，聆聽聖堂裡傳來清晨的聖歌，沈浸在密爾頓最後傑作《參孫》沈靜、崇高的啟調中，臆想他懷著即將辭世的心情，來寫這篇悲劇性的遺作……

就在即將告別古城的前夕，就在這一瞬間，我自窗外看到了永恆。

樹下一卷詩
一壺酒，
一塊麵包
在荒野中你與我共吟一曲，
那就是一座完美的樂園……

安娜來了，我們真的在巴黎近郊森林茶座上共飲一壺茶，共分一條法國長麵包，回味昔日同窗的細節……

還記得那一座座像殿堂似的學府，校園裡開著絲絨一般的草葉蘭，晚夏池塘裡的歐洲睡蓮……橡木家具，香醇的雪麗油、英國醃肉……還記得穿巷迎面而來年長而淵博的教授，披著傳統的長袍，圖書館也是一座座珍藏知識的殿堂，只待你我去開卷……

隔著茶座，我清晰見到安娜鬢邊依稀閃亮的早生華髮，隔著茶座，安娜也一定會見到將近十八年的時光，在我外形上留下的印記……葉賽寧童年生活在米歇拉森林附近，與美麗的奧卡河畔，他曾寫下這樣的句子，緬懷已逝的少年時光：

雖然金色的樹叢搖曳
以白樺樹的話語婉約相勸，
仙鶴依舊沒有留戀，
悲傷展翼而去……

逝去的美好時光，也像悲傷展翼而去的仙鶴，毫不留戀……

「我的異母姐姐已去世，我原來在莫斯科執教，姐姐去世後我就回到伏爾加河畔，那是我的故鄉，那裡有我兒時的夢……」

「那座老屋，我略加整修，但還是盡量保留姐姐生前的樣子，她留下的畫像，她的頭巾，甚至她喜愛的陶瓷用具……我都為她珍藏著……」

「伏爾加河真美！從我臥室窗口望出去就是一片草原，當晚星將一片松林點亮時，就會想起葉賽寧的詩，想溶進那美的場景中，然後像閃電般和它們在一起毀滅……」

「晴朗的日子，我與丈夫孩子們漫步河畔，聽到蒼鷺噗哧的蹚水聲，然後展翅高飛……還有河畔的香蒲，那風吹起的波紋，那一片片的燕麥田……」

在安娜柔聲敘述中，我似乎也捲入那場夢裡；那個伏爾加河的夢，在牧人的晚笛中，在老馬的鼾聲中，在夜晚的雪花像風中的「滿天星」草悄悄在我耳邊低語時……

——一九九四、六、二十・中央副刊

渥德斯都克舊事

想像他們就騎著
驍驥一般的駿馬，
駕起飾有飛鈴的
華麗御車，
身上攜著勁箭雕弓，
過起馳馬狩獵放鷹的
生涯……

走進渥德斯都克布倫漢姆宮，看到那片華林，正值盛夏，百禽交鳴，突然場景換了，馬蹄聲的噠的噠地響，還有踢馬刺叮噹之聲，那些頭戴裝飾著長長羽毛的帽子，披著鑲花邊的斗蓬，足蹬擦得雪亮的長靴的王公貴族，那些蒙清塵，被蘭澤的宮中絕色，他們靡麗的彩衣在風中輕拂，身上散發蓮花一般的香氣，他們就生活在這片偌大的宮殿林園中……

在瓦斯特之戰，克倫威爾打敗英王查理二世的軍隊，查理二世度過四十五天的流亡，來到布萊頓，搭運煤的船逃亡法國，史谷特（Sir Woalter Scott）在《皇家獵宮》這部長篇小說中說查理二世化裝成僕人，逃回渥德斯都克避難，純屬虛構。

不過，布倫漢姆宮曾是瑪爾包羅公爵（Marlboroug）的舊宅，他是位善戰的英雄，在一七〇四年大敗法軍，英國政府就將牛津附近一座宮殿送他，以表揚他為國家立下的汗馬功績，次年英國劇作家兼建築師溫布（Vanbargh）被任為布倫漢姆宮的建築師。

英國歷代的君王將這兒當成獵宮，想像他們就騎著驍驥一般的駿馬，駕起飾有飛鈴的華麗御車，身上攜著勁箭雕弓，過起馳馬狩獵放鷹的生涯……。

偌大的一片湖沼中游魚騰躍，中國人形容柔嫩的桑為「女桑」，垂在水邊的柳為「河柳」，這裡沒有中國園景，經過雕工的亭臺樓閣，曲徑通幽，沒有蔓草芳荃（蓮花）紛披猗靡的美，但廣大的林園到處是羊群，將「牧野」移進貴族的園囿裡，另有一種天然的意緻，那些舊世紀英國貴族一定也像中國古代的詩人騷客，坐下來開懷暢飲，在絲竹管弦齊奏中，享受人間美好的一刻，如果其中有一位像杜連那樣善於彈琴的人，在悠揚清脆的琴聲中，一定能激發詩興……

漫步在廣大林園中，雖沒有中國古代那位善琴的杜連，彈起流麗悅耳的琴聲，孟夏眾鳥的歌囀卻格外悅耳，聽！不知是否有枚乘《七發》賦中的七種禽鳥？枚乘以六段陪襯的筆調，逐步將文章引入主題，那光彩絢麗的文字就如他筆下七種禽鳥的彩色羽翼鶤鷄——鶤雞，鵷鶵——頂著高冠的彩羽——孔鳥，孔雀鵁鶄——赤頭鶩，還有白鷺與德牧鳥。

教堂的塔樓豎起匠心獨具的「風標」，依然帶著舊世紀的色彩，微風吹起，流水響起輕輕的、嘩嘩的響聲，流過荒涼傾圮的歲月，露莎蒙德井，那口井純粹是紀念亨利二世的情人露莎蒙德（Rosamond）……

亨利二世為露莎蒙德蓋了一所迷宮似的房子，營造得曲折迷離，並設有像密室般的地下室，這所房子庭院裡有一口井，就是「美人井」——露莎蒙德井，亨利二世的皇后艾琳諾十分嫉妒，就下毒手將露莎蒙德毒死，死後葬於哥德斯圖的女修道院中。

還有一座露莎蒙德塔樓，高牆厚壁，開著窄小的窗，沒有出口，也沒有梯子，據說塔樓頂端有一小洞口，可以放下一座小型吊橋。另一座較矮的塔樓，裡面裝設一道樓梯，稱為「愛情之梯」，亨利二世就從這樓梯穿過吊橋與露莎蒙德相會，事實上這也是人們浪漫的說詞，這座塔樓是核心堡壘，是戰時的安全措施，當通道被阻，敵人逼近，就可以利用這塔樓當成拖延戰術的堡壘。

英國金雀花王朝喜歡暢懷歡聚，喜歡飲酒狩獵，在壁爐裡燒起炭火，帝王與臣子們圍在爐火邊兒，帝王親自烤鹿肉分享大臣，一派豪邁奔放，到了從亨利七世到伊麗莎白一世的都鐸王朝就不像金雀花王朝，宮廷的盛宴因襲繁文縟節極為隆重，盛宴都是在大廳裡舉行，圍著爐火邊兒成了過去野蠻年代的笑題。

以前英國人將御林軍，或皇家狩獵的看守人稱為仙翁花（Regged robin），秋季有種紅果實的荊棘稱為「燃燒的荊棘」（Burning Bush），那自然是典自《聖經・出埃及記》中記載摩西所看到的神蹟，荊棘叢中燒起火焰，荊棘卻沒燃著。他們也把風兒稱為風仙（Sylph），那是來自希伯來神祕哲人的典故，他認為穹蒼的大宮殿中住著「風精」這位精靈。

渥德斯都克就在牛津近郊，我們經常來造訪，在不同的季節，走入四季分明的布倫漢姆宮，有一回和英國友人彼德和他的中國女友林在一家小酒館午餐，彼德為人風趣，像大孩子童心未泯，他一走進酒館就開門見山問酒保有沒有「十月酒」，問得那位酒保楞在一旁，原來十月是釀麥酒的佳期，這時釀的麥酒就稱「十月酒」，午餐時彼德還為我們講一段「高門」

（High Gate）的禮俗……

高門是倫敦北郊的小村子，在這兒早年盛行一種不成文的規矩，當旅客來到客棧酒館門前就先得發誓，譬如：「能親吻情婦就不吻少女。」「能喝烈麥酒就不喝淡麥酒。」「能吃白麵包就不吃黃麵包。」等等，這就是所謂高門誓言（High Gate Oath）。這類不成文的禮俗除了說明英國人喜好幽默戲謔，也並無多大意思。

不過英國的酒館歷史悠久，是他們的社交場所，倫敦早年有一家酒館在一六六六年毀於大火，在這之前莎士比亞，班瓊生等人常聚集於此，品論詩文。渥德斯都克這家酒館最吸引人是一盞舊燈，那盞像阿拉丁似的神燈如博物館展出的古物，是供人欣賞，而不是用來照明，這類舊燈是用鯨魚油，橄欖油，蜜蠟，羊脂當燃料。

伊麗莎白一世是都鐸王朝最後一位君王，她死後，也結束英國昇平的年代，伊麗莎白一世一生未嫁，王位就由她的遠親蘇格蘭詹姆士史都華繼承，這時英國就進入政治紛爭的局面，在這百年期間，英國國會與王室意見分歧，一六四二年清教徒革命，克倫威爾掌權，查理一世遇難身亡，查理二世流亡，史谷特掌握英國這段歷史以氣魄非凡的手筆寫下長篇巨幅的《皇家獵宮》，他像莎士比亞一樣是位說故事的天才，他將這些歷史人物寫得更接近真實的人生，這時查理二世就被安排在渥德斯都克皇宮避難，先是化裝成一位婦女，在露莎蒙德井旁留下他那枚珍貴的戒子，後又化裝成一位看管獵宮少主人的僕從，以饕餮與奔放的姿態出現，查理二世生得一張黝黑的面孔，他自稱是蘇格蘭故鄉的陽光將他的臉曬得黝黑，但上天為了補償，就將睿智之光射進他的腦中。

在小說中查理二世對女主角愛麗斯說：「在你們的鄉上（指英格蘭）是得不到這種知識的光輝……」這段情節當然也純屬史谷特的杜撰，不過史谷特一定是根據查理二世母系是來自法王與塔斯坎公爵的後裔，他的面孔是黝黑的，是家族的遺傳。

在史谷特筆下，查理二世從羅切斯特出發回到倫敦，那真是盛況空前的場面，查理二世騎在馬上，左右分別是約克公爵和葛羅斯特公爵兩兄弟，沿途百姓撒滿了鮮花，街道是花毯鋪成的，形形色色的群眾，衣冠華麗，復辟的國王通過「黑石楠灌木林」，……當號角響起，御駕來到現場，喇叭手列隊出現，軍旗在半空飄揚，劍光閃爍……

這位「殉難者」查理二世被迎回英國，英國又恢復英格蘭人的傳統，想起一六四九年發生的悲劇令人不寒而慄，其實在詹姆斯一世逝世，國王與議會的衝突已尖銳化，查理一世統治期間連年內戰，克倫威爾以布衣英雄姿態出現，他是善戰的軍事家，英國聞名的「鐵騎兵」是由一群馬夫、車夫和世襲家族的子弟組合而成的，他們戰勝了「騎士黨人」，國王在下議院成了俘虜，受到審判，就在一六四九年一月一個早晨在自己擺設國宴大廳的窗外架起斷頭臺，查理一世被送上斷頭臺是世上君王少有的悲慘遭遇，也是驚世駭俗的大事，俄國沙皇因此將英國使節逐出他的宮廷，法國、荷蘭都公開提出敵對，英國在世界上被孤立起來。

查理二世喜好運動，尤其是賽馬，這位性格隨和的君王，也有其相當機警的一面，史谷特對這位君王刻劃入微，在描寫他性格缺點時，也不忘提醒讀者那性格上的小疵小過是他人性上特徵，他仍然不失為一位優秀的君王，具有睿智的頭腦……

在渥德斯都克蹓躂，眾「風仙」似乎正在淺酌低唱，他們唱的就是那些湮遠年代的舊事……

——一九九五、七、二十二・中央副刊

住在象牙塔裡的人

生活在
寂寞的異鄉，
也像活在
自己所營造的
象牙塔裡，
是一座精神的
象牙塔，
陪伴的就是
一屋子書，
還有浩瀚的海景……

印在浮雕上的臉

也是一種魅力，古老的魅力。古老的建築，歷經滄桑，依然屹立。彷彿是要向世人和歷史挑戰……

雖然是比約定時間早兩個鐘頭到那座城，尋找提安那座像迷宮的家頗費周折，找到這座古老的宅第已遲到半小時……

提安端坐在雕花橡木椅上，穿著深藍色天鵝絨的洋裝，領口鑲著白緞，戴一串珍珠項鍊，耳上垂著兩粒珍珠耳墜，她屋裡純粹是歐洲古典裝飾，壁上掛著哥布連廠出品的壁毯，織的是一幅《秋日狩獵圖》，古色古香的紅木書櫃珍藏著天鵝絨封面的精裝書，牆上還掛了一把中國琵琶……

「你彈琵琶？」我問。

「早年跟一位中國樂師學過琵琶，興致好的時候我也彈一曲，遣興而已，說不上會彈琵琶。」

提安看起來也有五十歲了，可是那種歐洲古典美女的氣質還留在她身上，她的穿著也是古典雅緻的，她的優雅讓我想起亨利二世永恆的情人：夏籠繡堡的黛安娜。

提安在每年七月、八月這段期間就將古老宅第十五個房間出租給外地來度假的遊客，她就靠這筆收入過日子。

「你們的房間在二樓，待會兒瑪利會領你們上樓，每到七、八月間瑪利可忙壞了，這段日子挺熱鬧的，宅子裡十五間房幾乎全租出去，其他時間就冷清極了。」

瑪利領我們上樓，她是這座宅子的老管家，人十分和藹，話兒又多。

我們的房間比想像中還要雅緻，牆上掛著《宮廷盛宴圖》的壁毯，地上鋪著名貴的阿拉伯地毯，床是老式的，還架著帷幔，櫃子兩扇門刻著浮雕……女兒對這環境簡直入迷，那會是她嚮往的歐洲宮殿的格式。

傍晚我在住宅花園中散步，那座花園沒有圍牆，面對山谷，村落與一望無際的葡萄園，老管家在園中剪玫瑰花是預備給明天早餐桌上的，她順手遞一朵玫瑰給我，就說起她那沒完沒了的話兒……

「我的女主人提安會寫詩，她還自費出過一本詩集，書名就是《印在浮雕上的臉》，那本詩集是為她一生最懷念的朋友寫的，提安沒有結婚，我想也是為了他，不過提安從來不說，還是提安的妹妹金梅告訴我的……」

「我們年輕時相信緣定三生，相信海枯石爛，地老天荒而情深不移，現在如果拿這個調調說給年輕的一輩聽，他們準笑你是老古董，應該把這些資料收進博物館……」

「在閣樓裡有一間貯藏室，提安每次一走進那房間就像著魔似的，她將和他散步採回來的花，約會時穿戴的衣飾，他送給她的生日卡，書籍全鎖在裡面，提安一走進那房間就完全沈浸在回憶中……金梅說那是提安永恆的回憶……」

「下回我清掃閣樓，你就跟我一塊去看看，聽說你是一位作家，也許你能找到一點寫作的靈感……」

星期六上午，提安去拜訪她八十歲的姨母，我跟瑪利爬上通往閣樓的樓梯，閣樓特別高，像一座塔，我們一直往上爬，好像登一道天梯。

那間房百葉窗緊閉，室內幽暗，房中散發沈香木與霉濕味混合起來的怪味，瑪利驀地拉起百葉窗，推開扉扇，明晃晃的太陽光照了進來，景致如畫，山谷中的村落河流，葡萄園全在這幅畫中。

我對提安收集的記憶並沒有特別留意，令我入迷是窗外大自然的美景，那景色給人無比靜謐之感，陸機在《歎逝賦》中感慨地說「人冉冉而行暮」，生命，情感，與時光也許都是一種神祕的宿命，它們全不掌握在我們手中……我不懂提安為什麼要將美好的記憶關進幽暗、發霉的斗室中？為什麼不讓它成為生命中的吉光片羽？也許我對生命的體驗不像提安那麼深刻，也許我總想在沈哀的低調中加幾個怡悅的音符……

一個星光閃爍的夜晚，提安突然興緻很好，就依在窗前彈奏琵琶，樂聲迴響在屋子裏，聲樂也自窗口溜出去和出谷的風聲，水聲凝結成動人的音符……

我始終沒讀過提安所寫的那本《印在浮雕上的臉》，但我想像那一定像今晚的琵琶透過風聲水聲一般，是一種錦繡文思，就如陸機《文賦》所形容的「藻思綺合，清麗千眠」。

野鶴店

常聽朋友說歐洲華人圈臥虎藏龍，其中不乏飽學之士，「野鶴居」的主人就是這類人物。灰白色的懸岸，長遍石南科植物，高高的浪花像擎天的瀑布，沖瀉上懸岸，大自然就以野花、岩石、浪濤來營造這座花園和宮闕。

正是中國江南「楊柳半藏沽酒市，桃花深映釣魚舟」的春季，在這座濱海小城感受不到江南的春意，只聽得浪濤聲如刺骨笛兒悠悠聒耳喧，如駝皮鼓鼕鼕，似春雷般響……

野鶴居就建在僻靜的海濱，園中以海石砌成的假山魚池寫出中國人的山水幽趣，當日影斜落西軒，秋風如悲涼的商調敲扣松林，野鶴居的主人一定臆想自己正置身在中國的好山好水之間……

我們在客廳裡等了半個時辰，野鶴居的主人李君才散步歸來，他外貌就如枯枝瘦石，寥寥幾筆寫出一副老書生模樣。

「對不起，讓你們久等了……在國內我經常約三兩好友在書房裡清談，或一塊遊山玩水，但那樣的好日子已經成為過去，在歐洲的中國知識分子是相當孤單的，就是滿肚子學問賣不出去，又不能鳴鑼鼓去宣揚，所以只能孤芳自賞，不過我也學會孤獨中的樂趣，尤其喜歡一個人散步……」

「枚乘的賦——《七發》很自然地談到養生，他反對縱耳目之欲，恣肢體之安，穿得太暖，吃得太豐富，出門就以車代步，讓身體失去鍛鍊的良機，結果就引來肢體的癱瘓……我喜歡散步，既是運動，也是休閒。」

引薦我們來見李君的一位長輩說李君雖是歷史學家，對戲劇也頗雅好，他收藏了數目相當可觀的中外名劇，參觀他的書房，那藏書的豐富竟令人嘆為觀止，從古希臘三大悲劇家艾斯奇勒斯、索福克里斯、優力匹蒂斯的作品，古羅馬喜劇家普勞特、泰倫斯的作品，中世紀的宗教劇，彼藍德羅的怪誕劇，高乃依的《席德》，莫里哀的《偽君子》、《狂想病人》，拉辛的《菲德莉》，馬羅的無韻詩劇《坦布林》，莎士比亞、易卜生全集，中國元人雜劇，地方戲劇史料等琳琅滿目。

「我收集艾斯奇勒斯的《阿卡曼儂》、《祭奠者》、《復仇神》這部三聯劇可是世界劇作史上最早也是最完美的戲劇，艾氏完成這齣三聯劇兩年後就去世了，這是他晚年的傑作。」

我對悲劇之父，艾斯奇勒斯這部三聯劇也是熟悉的，也在英國電視臺，看過此劇轉播，彼此交換對希臘、古典悲劇的觀感也挺愉快的。

「生活在寂寞的異鄉，也像活在自己所營造的象牙塔裡，是一座精神的象牙塔，陪伴的就是一屋子書，還有浩瀚的海景。……」李君悠悠地說。孫綽《遊天台山賦》將仙、佛、道的思想溶入山嶽神秀之中，這種風格影響了謝靈運與後代的詩人，孫綽對佛教無生之篇（即佛經）頓然了悟，對塵世的「有」與仙界的「無」，佛經的色空觀，老子「無名天地之始，有名萬物之母」都有所悟，最後是渾萬象的冥觀，兀同體於自然，將萬物與自然併為一體，我想李君的精神象牙塔最終將步入這種高境。

我們揮別野鶴居，步向濱海小徑時，依稀還聽到李君正在吟著曲兒，吟的是《李逵鼓荊》裡的句子：

過了這翠巍巍一帶山崖腳，
遙望見滴溜溜酒旗招。
想悲歡不同昨夜，
論真假只在今朝。

那座玻璃屋

那條河本是歷史上兵家必爭之地，經過年代的洗禮，似乎只剩下岸邊斷垣片瓦供人憑悼，在渡口處響起像笛韻似的鳥鳴，啼入西風蕭颯中。

河畔、牧人領著羊群穿過野地，踏著懶洋洋的步子，好似倦遊歸來的旅人。

夕陽下那一群羊，那長長的隊伍一直伸展到天邊……

我想的盡是蘇格蘭詩人勞勃彭斯筆下的《杜河》與《阿芙頓河》，那河輕悄悄地繞過綠色的山坡，溪谷裡長滿了荊棘，兩岸開遍了櫻草花，野八哥與田鳧啼遍巍峨的山與谷……

杜蕾的莊園就建在河畔，一幢石砌的屋宇，緊連著一幢偌大的玻璃屋。在珍·奧斯汀筆下，那時代中上階級的英國人以玻璃屋來培植熱帶植物，在英國牛津、利物浦或其他城市的植物園裡依然保存這類玻璃屋，英國人俗稱「暖花室」來養殖珍禽異鳥，奇花異樹或熱帶植物……

杜蕾的玻璃屋卻像座落在熱帶小島上的沙龍，熱帶鳥噪聒地鳴叫，四周長遍了熱帶椰樹，天堂鳥、鳳尾草、海棠……在花鳥綠樹間擺了張桌子，幾把籐椅、籐椅上擱著軟墊，杜蕾就在這兒接待我們。

午餐，一條法國長麵包，一壺咖啡、一壺牛奶，幾粒奇異果，杜蕾說我們吃的就像以色列人出埃及，來到曠野上主賜下的「瑪琊」。但在這樣美的氛圍中午餐，就如處於漢魏六朝賦體中所描寫的意境；春天屋宇裡披著青苔的顏色。秋天帷帳裡籠罩著月色的光華……我吃的竟像是……。

以秋黃和紫蘇調味的美食，白露後肥甜的茉葉，那蘭花一般香烈的酒……

杜蕾是位單身貴族，像法國一般單身女子，必需獨立謀生，她本是學畫的，但能以才藝謀生的人，畢竟屬於少數幸運者……

「我不是那類幸運者，年輕時我就抱獨身主義，我已不清楚是怎樣衝動下，我選擇了這條路，可能是經過一段感情的傷痕，讓我冷靜從情感與婚姻圈圈游離出來……但生活畢竟是現實的，我當過律師事務所書記，公司女祕書，後來我承繼一份叔叔留給我的遺產，在巴黎買下一家服飾店，我一直經營這家店直到我退休……」

「從事藝術文學都是挺奢侈的，我喜愛繪畫，我可不是世紀天才畢卡索，我需要一份職業來維持生活，在休閒假日我全部投入繪畫中，退休後我搬進這幢房子，我的世界就只有花、鳥、自然與繪畫，偶然也有三兩鄰人來喝咖啡，聊幾句，但大部分時間我是孤獨的——」

「巴黎我看過太多獨身女子，或孤苦老人過著極淒涼的日子，他們享受不到婚姻中共命運，或互相依持那種人間溫暖，毫無疑問，我也是屬於他們當中的可憐人，可是我不那麼想，我選擇自己的命運，我要讓自己過得好些……」

「我把這幢房子佈置成我酷愛的小天地，有花鳥、自然和繪畫陪伴我，如果這座象牙塔是寂寞的，它可也是豐富的……」

臨行前杜蕾帶我們參觀她的畫室，那些畫雖然不露天才的跡象，卻有琢磨的功力，臨行前我又瀏覽那座玻璃屋，這玻璃屋的主人和那特別的午餐「瑪珊」。想像熱帶椰子樹搭起四季青青的華蓋，曙光透過玻璃屋那份水濛濛的意境，霜凍的季節，玻璃屋裡有的是不凋的植物，還有夜晚朦朧的暮色，冬天的風雪，寂寞的星光都將停在玻璃屋頂上，我竟流連又流連了……

——一九九四、七、二十二・中央副刊

月光組曲

面對山谷與
那片雪松林，
晚餐延遲到午夜，
就為聆聽
那場月下夜鶯的
清唱……
燭光搖晃，
水溶溶的月色
籠罩著山與谷……

異鄉月

墨西賽河在月光下翻起銀色的浪花，是初秋微涼的天氣，在赴朋友晚宴歸來途中，驅車經過這條大河，看到那水、那月光就忍不住想下車蹓躂……

河濱公園在月色中像披上一襲銀色朦朧的紗衣，燦爛的秋花都褪去色澤，化成銀製的人造花，只有縷縷芳塵吹送而過，不用推敲就知道是落花成陣了。

白露暖空
素月流天

面對這水、這月光應該沈吟低誦《詩經》《齊風》與《陳風》的文采佳句，可是我更鍾情於謝莊那篇小巧風格清新的《月賦》，這位七歲就能賦文的才子，三十七歲就如殞星悠然長逝了，他筆下那些柔情似水，吟詠風月的詩文也大都散佚了，想到謝莊那樣的才華，又遭遇那樣的命運，我竟是十分悵惘，迴遑若失了。

我們坐在河濱公園的長凳上，欣賞水光月色，中華古典神話竟在異國的大地上為我營造了一種極美的氛圍，那日出是來自「扶桑」的水面，日落就在「若木」，當落日光輝隱入若木這地方的幽谷中，月亮就上升了，再加上一點星相學的色彩，那氛圍就更美了；「從星澤風」——古代的星象家認定風雨的預兆是月球運轉時與星辰相遇了……然後月光為「三臺星座」，為「軒轅星座」揚耀華采，那就是絕筆了。

月掛在清朗的高空，墨西賽大河映出空明的月色，那是故鄉大地上「菊散芳於山椒，雁流哀於江瀨」的時季，而這滔滔大河也不時傳出夜鳥的哀音，似乎是古代的幽人撥弄出來的絲桐之音。

在懷鄉的日子，心裡總是盼望能回到自己生長的鄉土——臺灣，和家人團圓賞月，或在長滿桂樹的園囿裡，在晚桂飄香中欣賞月光，或到有亭臺樓閣的高處，細細品味綠苔生閣，芳塵凝榭的意境，但每次回去心情總是沉沉的，因骨肉手足已分散五湖四海，再也不易欣賞團圓月了……

月光下的夢

走進露西的家，那剛打過蠟的櫸木地板，返照著桌椅與鋼琴，鋼琴上散了一層薄薄的灰塵，露西用雞毛撣子撣灰塵，剎時間塵埃飛起都化成銀色的一片，飄散在四周……

是上弦月的光輝透進窗玻璃，就如喬艾斯（James Joyce）小說中一句詞「透過碎玻璃」（Through one of the broken panes），喬艾斯在*Araly*這個短篇中描寫一段清純優美，淡淡哀傷的初戀，所以他的碎玻璃是一語雙關的，寫的是那份碎心戀，綿綿細雨穿針引線似飄在窗外的世界，那幅景是透過一片碎玻璃留下殘缺的美……

「月光光，月亮的光總是令人神思悠然……」露西的髮也染上霜白與月光，經過歲月漂染的髮，似乎也在訴說一段古老的故事；人生四季，蓬勃霽朗的春光，耐人尋味的秋光，然後是寒冬的降臨……

「有月光的夜晚，我最懷念我的母親，小時候她總是在月光下講故事，唱安眠曲搖我入夢，有一年我回到約克郡的故鄉，在那間我出生的房間裡還擱著我睡過的搖籃，陽光探進小窗，繡著童話《驢皮》故事的被面還留在小床上，慈母一針一線織成的被面已褪色，圖案上結著線團子，《驢皮》的畫面也模糊不清了……」

「我推開窗，正是盛夏，園中盤結纏葛的老玫瑰樹，開著火紅鮮豔的花。那架我兒時盪過不知多少次的秋千還在那兒，我依然可以想像當秋千凌空飛起的那一剎那，我也輕似羽翼般凌空飛起……」

「歲月就在不知不覺間溜走了，我十七歲的大孫女已有初戀的對象，在月光下她陪我在約克郡故居的後院散步，就對我講那段像蠟與雪的初戀，那時少女的傷感寫在她水一般清澈的雙眸中，我想我也有過青澀的歲月，但一切都過去了，許多記憶都像母親刺繡《驢皮》畫面，已模糊不清了……」

我們喝熱牛奶，吃一種沾滿冰糖粉的酥餅，月光下，露西那頭經過歲月漂染的髮，散發著銀色的光……

夜鶯

在寂靜的山谷裏，在月下的雪松林裏，響起夜鶯的啼鳴，那不是馬修・安諾德《菲羅美拉》一詩裡塞斐斯山谷夜鶯的迴響，安諾德所形容寧靜的泰晤士河的月光與清露都不能成為療治心靈創痕的香膏那種悲哀的啼聲。

夜鶯的啼聲並不令人驀然心驚，而是優美柔和像舒伯特的《月光曲》。

「聽啊，那是夜鶯的啼鳴！」客棧主人艾琳說。

英文Nightingale這個名詞為夜鶯罩上一層神祕的色彩，夜間歌唱那種鳥是古典悲劇的角色，是詩歌的主題，是詩人靈感的泉源……

如果你在白晝看到鳥店裡標上Nightingales：夜鶯，灰褐色的羽毛，貌不驚人，絕對不會想像牠就是創造月下曲章的主人。看到雌鳥孵著橄欖色的蛋，每一個蛋都是一隻音樂盒子，每一個蛋都有一組顫動的音符……

安徒生童話中的《夜鶯》是中國皇帝最珍愛的鳴禽，當夜鶯飛出籠子，飛回自由的天地後，這隻有靈性的鳥兒竟在中國皇帝病重時飛返皇宮，以優美的歌聲療治他的沈痾。

當夜鶯南遷，在夜間飛向旅次，孤單面對星空月色飛翔，牠飛越過阿爾卑斯山和庇里牛斯山，據說全靠牠在夜間能辨別星宿的方位。

第二天晚餐時，艾琳將餐桌安排在涼臺上，而對山谷與那片雪松林，晚餐延遲到午夜，就為聆聽那場月下夜鶯的清唱……燭光搖晃，水溶溶的月色籠罩著山與谷，賓客似乎也特別喜愛艾琳匠心獨具佈置的氣氛，當夜鶯開始鳴唱，賓客鴉雀無聲，莊嚴的像走進最豪華的歌劇院。

幾位大詩人都以夜鶯為題寫過詩，濟慈的《夜鶯》是大家最熟悉的，馬修・安諾德透過神話角度寫夜鶯；曾在牛津攻讀醫學，一九一三年被封為英國桂冠詩人的布里吉斯（Bridges Robert）的《夜鶯》較少為人所提起，但這首詩寫得極為動人，形式與音韻都極為講究，布里吉斯自己就化身夜鶯，唱出心中的韻律：

我來自美麗的山嶺
華實遍野的山谷那條清澈的溪流
是我歌唱的啟蒙師
星林座落何方
啊，我願徜徉在像天堂一般
開著四季不凋的花叢間
但群山已被荒埋，溪流也已乾涸
我的歌聲在激情中牽引出痴夢
像利箭刺穿心坎

那幽微的憧憬，與幻滅的痛楚
就是輓歌哀長的韻腳
也難以表達我內心的藝術
繞著人們入迷的耳際
我傾訴夜的神祕
當夜色已逝
白晝不絕的鳥歌迎著晨曦
從春天葳蕤的草地和五月樹間
我的夢正當序幕

——譯自布里吉斯《夜鶯》(*Nightingales*)

夜深了，不知什麼時候夜鶯已不再鳴唱，牠以顫動的音節結束這首《月光曲》，而餘韻依舊繞耳不絕……

——一九九四、十一、十六・中央副刊

盲鳥外二章

眾鳥結束晚餐
都飛走了，
只有這隻盲鳥
還在窗前
棲遲流連，
牠不停地鳴唱，
那樂音就像一首
詭迷淒涼的夜歌……

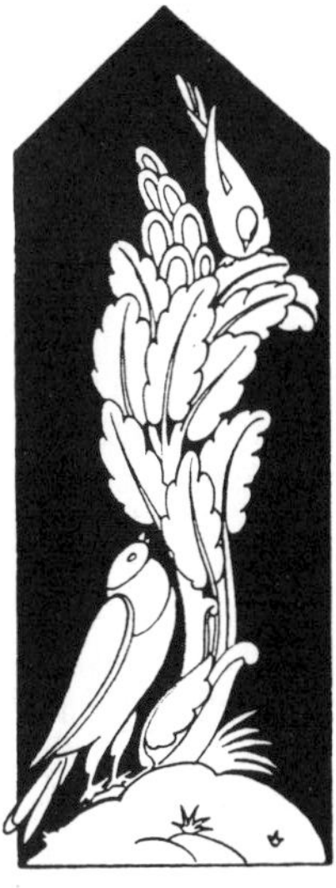

盲鳥

黃昏，有一首曲調劃破空間的寂靜，我沒望向窗外，就知道是一群歸鳥，驀地飛起，穿入雲中，將鳴聲拉得長長的……。

在還沒進入暮夜之前，我總是將麵包揉成碎屑，餵窗前的鴿子，麻雀、知更、喜鵲，有時也來窗前覓食。

當我手伸向窗臺，一隻不知名的彩羽停在我手心啄去麵包屑，牠飛離我手掌時幾乎跌撞在窗臺上，然後三番兩次將頭猛撞在玻璃上，我以為牠受傷了，端詳之下才知是隻盲鳥。

眾鳥結束晚餐都飛走了，只有這隻盲鳥還在窗前棲遲流連，牠不停地鳴唱，那樂音就像一首詭迷淒涼的夜歌……。

我不是懷著「聆皋禽之夕聞，聽朔管之秋引」的閒情去聽那咬咬好音，想起哈代所說面對「永遠黑暗的命運，度過一生漫長摸索的歲月」，我心中竟是十分惆悵。

彌爾頓在失明三年後感慨地說：「我的時日才過去一半，便要在耗盡目光的黑暗裡度過餘生。」在耕莘文教院主持寫作班的張志宏神父，自美國看眼科醫生歸來，知道自己將會在一個無光的世界為上主工作，他的心境仍然是達觀而開朗的，他獻身為山地孩子服務，繼續辦寫作班，直到他辭世前的一刻。

在我窗前踟躕徘徊的盲鳥也飛走了，牠愈飛愈高，已遠離點燃燈火的屋子，去敲扣月的殿堂，牠歌聲的餘韻依舊留在我心頭，牠歌聲的餘調吟出的是西貝爾(Colley Cilbber)的《盲童詩》（*The Blind Boy*）：

喚著「光」是怎麼的情景
我懵懂無知
能看得見是何等榮福
請分享給可憐的盲童
你說起你見到美妙事物
說那陽光閃亮輝煌
我只感受它的溫暖，並不知
它如何創造白晝與夜晚
我創造自己的白天黑夜

我玩耍，睡覺
要是我永遠清醒
白晝就長而又長
經常聽到你為我嘆息
為我可悲命運唏噓
但我已習慣那種損失
連我自己也不敢相信
別給我我從未獲得的東西
熄滅了我心中的意興
雖是可憐的盲童
我謳歌
我尊貴如帝王。

——譯自西貝爾的《盲童詩》

站

在旅次中，「站」是沙漠的綠洲，長途跋涉的駱駝商隊到有泉水的地方，歇息片刻，再向長遠的旅途奔馳。

在旅次中，一個又一個的站留在記憶中，印象無比深刻，來到阿爾卑斯山城，那個站四野茫茫，天正下起「六出冰花」——雪花。

三兩隻灰鴉在雪野上撲騰。

提著行李，走在山野荒涼的小徑，心也像被冰霜封鎖的一個站。

搭夜車過了法國邊界赴瑞士途中，月色正如俄國詩人葉賽寧所說：「月兒像黃色的渡鴉，在地上棲遲迴旋。」

風簌簌地響在葉梢。

那感覺很微妙，夜車就像星星在天際飛行。

在淡藍色的清晨，在破曉時分，我們到站了，揮別夜晚，迎向白晝，心裡明朗朗就如初升的朝曦。

在法國北部的小站，那個站緊挨著鄉村住家的籬笆，透過掩蔽的木條窗縫，見到花窗幔後面溫暖的燈，那正是晚間家人促膝談心的時刻，旅人頓時也分享那種柔和、醇美的氣氛。

大流士一世遠征揭開了希臘馬其頓幕後早期北方文明歷史的事蹟。

它，開拓了歷史的新邊疆。

我們來到多瑙河，也許更遠……

敘述一段歷史，在聽的人來說是動人的，那敘述的聲音早已超越過多少世紀，如果我們不是在聽一段歷史，而是遠征軍的一員，看到滾滾大河，看到饑荒、傷亡、戰士別妻離子的場面，看到延展在地平線上那個寂寞的「站」，心裡的感受一定不同。

法國十九世紀的壁畫巨擘夏凡（Chavannes），雖處於印象畫派的階段，卻繼承義大利古典傳統畫派的高手，在馬賽美術館，里昂陶器美術館，里昂美術館，蘇爾澎尼大廳，波士頓圖書館，巴黎市政大廳，巴黎英雄館那些大型的裝飾壁畫都出自夏凡的手筆。

日本上野西洋美術館松木畫廊珍藏夏凡《貧苦的漁夫》，那幅畫的背景是河邊小洲的站口，一隻船停泊在那個無名的站，在白霧朦朧的氛圍中，沈靜的色調透露現實的淒苦，漁夫與船中半裸幼兒將面臨怎樣的命運就留給有心人去揣摩了……

生活在歐洲，從這國到那國也像驛站，每一個國度都有它新鮮味，不同歷史、文化或建築或景觀組成這驛站的特色，奔馳在這國到那國的驛站間，都是令人興奮的旅程。

人生這段旅程也是如此，不管羈旅多麼寂寞疲憊，生命之旅仍是令人雀躍的，最怕是一個「終站」結束了大喜大悲。

汽笛長鳴，又到站了，

迎著我的是一處嚮往的林園，那裡有蓮花池，還養著灰鶴，那是我為治療鄉愁的一個站。

鋸樹

聽到電鋸嘎嘎地響個不停，香甜的樹葉香氣迎風吹來，鄰居米葉家正將一排白楊樹鋸成高過圍牆三尺。

白楊樹以高細臨風之姿取勝，將白楊樹鋸成高過圍牆三尺畢竟是美中之疵，就像一幅美人圖點上破綻……

「這一排白楊樹從來沒有修剪過，每回我抬頭望向樹端幾乎高不見頂……」年輕的米葉說。

有風的時候，我從二樓公寓窗口望出去，見到白楊隨風搖曳，樹端似乎隱入雲端，那應該是佛羅斯特（Robert Frost）筆下經常談著長篇累幅的知識，年老而又睿智的「樹」。

「父親喜愛白楊，他在這幢老屋住了三十年，他是辛勤的人，修屋補瓦，樣樣自己動手，就是沒見過他動過白楊樹寸膚片羽……他喜歡高高的白楊，鳥兒在高高的樹端築巢，他和母親在園中擺張桌子，幾把凳子，在園中品茶，在園中宴客……父親去世，母親無比傷痛，她怕見到這座舊宅，怕觸景傷情，就搬進巴黎大道公寓裡，將這幢房子給了我們……」

「我想保留父親生前的一切，儘量不去改變舊園的景觀，我和妻子桑文也在園中品茶，在園中宴客，但每逢曲終人散，那種痛失至親的感觸是相當折人的，我想這是我電鋸白楊樹的原因……」

「改變景觀，增加生機，我們對父親的懷念是屬於永恆的，那種懷念永遠沒有結束，但父親生前是挺樂觀的，他若死後有知，一定不希望我們永遠活在悲痛中……」米葉的臉上垂著兩行清淚，我想到慈母染沈痾，我內心那種無法寬解的哀傷，身為人子，與慈親骨肉情深，我竟是十分同情米葉了。

契可夫生前最後的劇本是《櫻桃園》（*The Cherry Orchard*），在這個劇本契可夫說出自己的心聲，富貴榮華彷如過眼煙雲，浮生若夢，契可夫對過去美好的事物懷著深厚的情感，但他也徹悟，人類必須面對新的世界，在砍伐櫻桃樹的斧聲中有感傷，也有新的憧憬……

電鋸依舊嘎嘎響個不停，香甜的樹葉香氣迎風吹來。

——新生副刊

絕美的氛圍

——序《祝勇散文集》

就如聆聽生命邊岸
漾起柔和的濤聲，
輕拂過的
西風呢喃，
柔光照耀的靜湖，
迴盪在
天地間的晚鐘……

祝勇是位年輕的詩人與散文家，他畢業於中國國際關係學院，曾任出版社編輯，現在擔任《九十年代海外華文散文名家書系》的副主編，但祝勇的早年在中學生時代就已展露他的才華，他曾獲全國最優秀十名中學生「華夏讀書獎」一等獎。

他的散文除了發表於中國各大報刊、文藝刊物，也陸續在臺灣《中央日報》、《自立晚報》、《青年日報》、《新陸》、《秋水》等刊物發表，並被收入臺灣多種文選。

當我翻讀他這部散文集，就被引入一種絕美的氛圍中，誰說繆斯女神的七弦琴在我們這時代已成為絕唱？像祝勇這樣後起之秀，天才洋溢，讀他的作品，就如聆聽生命邊岸漾起柔和的濤聲，輕拂過的西風呢喃，柔光照耀的靜湖，迴盪在天地間的晚鐘……祝勇擎起他那杯神酒，儘管含著生命淡淡的感傷，卻不像人生的中年或晚年，在生命之酒中摻雜太多的苦汁，在唏噓與淚光中乾盡那一杯……

人們對二十六歲就告別人間的天才詩人濟慈懷著無比的惋惜，但濟慈雖年輕，詩篇已達到成熟完美的境地，馬修・安諾德曾這麼形容濟慈：

他的名字與莎士比亞同在。

濟慈的詩已不屬於青澀歲月，而是詩人中的貴族，詩人中的巨匠，若說是雪萊的《西風頌》是一隻豎琴，濟慈的《夜鶯》則是弦上的音符……祝勇雖年輕，文筆與思想都已來到「採菊東籬下，悠然見南山」的境地。

祝勇的思維清澄明靜，就如他《心肩桃源》裡所說「是從湖水流淌出來」，他過著甘於寂寞的日子「更多在精神瀚海裡暢游，企盼與人類智慧的神靈相遇……」，當他沿著歡筵已散的河邊走向稀落的燈火，他的心依舊是優雅寧靜的。

丹納的《藝術哲學》裡談到路易十四時代講求優美的文體，成為時尚，據說當時宮中女侍知識的豐富勝過學院的學生，那時代，法國也出了許多最偉大的作家，拉封丹、莫里哀、高乃依、拉辛、塞維爾夫人……當然所有文體中最輝煌的是悲劇。

時代對作家的影響都反映在他們的作品裡，古希臘的城邦制度，中世紀狂熱的宗教信仰與騎士精神，十七世紀貴族的風尚，十九世紀工業的興起，二十世紀存在主義的哲學……但在祝勇優美淡雅的散文中聽不到世紀末的低調，一篇一篇地讀下去，我似乎是站在秋的原野上，聽華茲華斯吟唱刈麥人的哀歌，在卡利斯海岸記下寧靜的黃昏，站在西敏寺橋上感嘆大地再也沒有顯現比這更美的一刻了……

——一九九五、八、一・青年日報副刊

生命的燃燒

——創作

對一位作家來說，
創作就是
生命的燈燭，
當創作泉源
看起來
就將枯竭的
那一刻，
也正是開掘
另一道泉源的
時候。

枚乘寫了《七發》用六段陪筆一路鋪敘，絢麗的文采，引人入勝，最終的目的是要借這一大篇說辭來醫治梵太子的心病。

文學是當時貴族一種移情治性的遊戲。《漢書・王褒傳》所說：

太子體不安，忽忽善忘不樂，詔使褒等至太子宮侍太子，朝夕誦讀奇文及所自造作，疾平復，乃歸。

可知當時將文學當成心理治療的靈丹，太子貴體違和，悶悶不樂，早晚為他朗讀奇文，就醫治了太子的心疾。

移情治性或心理治療的文學功用價值是不可否定的，但文人並不純粹為文學功用價值而創作，也並不為揀拾羅曼羅蘭所謂愛奧尼亞和西西里智慧之鳥嘴上掉落的種籽而創作，智慧之鳥包括主張水為萬物之源的泰勒斯，創原始素樸辯證論的海格克里特，奠定古代原子論的狄謨克里特等學者。

文學創作是一種生命的燃燒，

那禁錮在繭中的幼蟲朝生夕死，懵懵懂懂的生物，只有求生求食本能的動物是沒有文學創作，只有人類才有創作這種高智慧的精神活動。

人的生命如飛越過天際的流星，留下閃爍的光弧，然後就寂滅了，而創作過程就像千億年以前太空一場大爆炸，碎裂的火團充塞宇宙間，然後冷卻，一切歸於有序，形成星雲層，銀河系，日月星辰……

完成一篇創作，就塑造一個新的世界，生命不是寂滅，而是點燃。

春秋時魯國太師——師摯，主管音樂又善於彈琴，所以人稱琴摯。

琴摯選用那麼一株背秋涉冬的龍門之桐，以野蠶之繭為絃來製琴。

這株龍門之桐生於千仞之峰，而對百丈之谿，歷經寒冬的朔風飛雪，夏日的霹靂雷霆，一篇傳世之著必然也經過千錘百鍊的心路歷程，矻矻孜孜將吸收的知識消化，內在的思想昇華，就如蜜蜂採花釀蜜的過程。

達文西是文藝復興的巨匠，多才多藝，精於哲學、科學、天文學、藝術……完人教育是那時代的特色，人們說只要一幅達文西的畫就能證明他是天才，但若沒讀過他的《手記》就難以知道他高度的智慧。達文西以繪畫來探究空間的神祕，光，就在空間活動中成為主題，他的《手記》卻剖析這位天才的藝術理論。

陸機的《文賦》可以說是我國文學史上一篇相當有價值的文學評論，陸機出身吳國望族，祖父陸遜，父親陸抗都居吳國將相高位，陸機年少曾效父出征，後來投效成都王穎，領兵攻洛陽，兵敗被讒，被誅身死。他的《文賦》為文學批評的標準定下尺度，精闢的見解，燦然的文采，讀他的《文賦》精神上馳騖八極，心游萬仞，深深徹悟一位文學創作者，不只是握著一枝描寫妍或媸的筆，更要在古籍中尋求精神的養分，精微觀察世間萬物，懷抱高潔遠大的志趣……

法蘭西文學史上有一位拉伯雷（Froncois Rabelais）以偉大巨人嘉公杜（Grandes）與其子邦達格里哀（Parsdagruelei e）的傳記為題，這些傳記掀起暢銷熱潮，一個月的銷售量等於九年《聖經》的銷路。

拉伯雷早年依父親意旨入僧院當僧人，在僧院裡奠定了學術基礎，他飽讀典籍，後來還俗，在各處遊學，那是他生命中最快樂的日子。他又入醫學院修畢醫科課程，他遊學、行醫、寫作，將生命發揮出特殊的價值與光芒，最後他還是再披起僧衣，回到修道院裡……

拉伯雷寫了一連串的傳記，描寫一位巨人，這巨嬰一出娘胎就一口喝下一萬七千九百十三頭母牛的奶，他的衣服，是以一萬二千尺布料製成的，目前法國市面上的版本，封面畫的是嘉公杜龐大膨脹的身軀，身上掛滿了鈴，一見那封面就吸引孩子閱讀的興趣，巨嬰的後代邦達格里哀也和父親一樣食量驚人，他長成後到處遊學並開始尋找「神壺」。十六世紀的法國文學深受文藝復興的影響，拉伯雷是否也受到荷馬史詩的影響，後人沒有加以評論，但那種說故事的天才，豐富的學養，必然也有文藝復興的影子。

在這些傳記中包涵宇宙間各類事物，說它胸羅萬有、包羅萬象並不算過分，這部書在當時為什麼這樣吸引人，一定不只有拉伯雷的博學以及說故事的天才，更重要它表達拉伯雷的哲學觀，並非深奧不易理解的形而上學，他教給法蘭西人，教導人類怎麼活得快樂，人間的煩憂讓人痛苦，人的野心與情感的愛好也是一種痛苦，所有偶然的事物都受宿命所操縱，拉伯雷所謂的偶然事物是指在地上的東西，當人的身心得不到安寧就沒有快樂，佛家教人超脫塵世的束縛尋求六根的清淨，拉伯雷告訴我們人性是善的，人與大自然都是美好的，人必須專心工作，教養孩子，好好在世上過日子……

拉伯雷的理想國——「黛雷姆僧院」並非刻板束縛人性，住在僧院裡男女相處，讀書遊戲，不受拘束，他的哲學就是依自己的喜好去過日子，拉伯雷是大自然的信徒，也是飽學之士，最令人慶幸是在那樣的時代，竟有拉伯雷這樣肯說真話的作家，教給人熱愛生命而不是否定生命。

像拉伯雷那樣以遊學、以創造為樂事是多麼幸運，反觀在文學蒼白的今天，快餐式的文字取代了真正的文學創作，現代的文人正面對惡運，雖是惡運，熱愛文學的朋友可千萬別悲觀，當人們自覆亡的拜占庭帝國找出手抄本，在希臘羅馬的廢墟中找到古代的雕塑，就突然發現了一個新的世界展現在眼前，那是一個推崇人文主義思想，發揚人類智慧，熱愛生活與生命，又充滿了自信的世界，當這樣一個新的世界被發掘了，黑暗的中世紀陰影就結束了。

如何結束一個創作貧乏、文學蒼白的時代，開啟像文藝復興那樣新的世界，也要仰賴作家們的努力。在世界末低潮中，人類更需要書籍這樣的精神食糧，來填塞內心的空間，怎麼樣的作品才能滿足現代讀者的需要？絕對不是那類快餐式的文字，就以一個極簡單的例子來說，如果公開對有剪報癖好的讀者進行調查統計，在他們收集的文章中絕對不包括那類快餐式的文字，他們一定會收集一些較有深度、有內容、雋永而啟人深思的文章。

對一位作家來說，創作就是生命的燈燭，當創作泉源看起來就將枯竭的那一刻，也正是開掘另一道泉源的時候。

——一九九四、三、六・青年日報副刊

碎心戀

蘆葦總讓我
想起愛情，
在我印象裡看
那麼一幅畫面，
湖邊到處是
斷裂的蘆葦，
那是一個
萬物凋萎的冬季，
湖上結著薄冰，
寒冷的氣流
從一扇扇窗板透進來，
我的心被冰霜凍結……

號角

落宿庇里牛斯山村，在山麓間經常可以聽到法國詩人維尼（Alfred de Vigny）所謂的號角（Le cor），但號角聲內含無比豐富，並不侷限於維尼所說牡鹿的哀鳴與獵人訣別的迴音……

維尼被稱為堅強的悲觀詩人，他在午夜聽到這種聲音經常落淚，他形容那號角來自查理曼大帝宮中貴族臨終前的迴響……。

若以另一個角度去聆聽，不要將聲音內含侷限在迷信預兆的宿命論上，山羊咩咩聲與牛鈴構成一組和諧的音符，牝鹿的叫聲與急喘的流水是敲響午夜樂章的序曲，然後是史詩《羅蘭之歌》悲壯的色彩，回想西元七七八年八月十五日，查理曼大帝自西班牙遠征勝利歸來，穿越過庇里牛斯山，跟隨殿後的大軍在此遭到摩爾人暗襲，大將羅蘭為護主英勇應戰，壯烈成仁……。

將所有聲音溶混，再加上《羅蘭之歌》的史蹟，就構成另一組貝多芬的《英雄交響樂》。

同行中一位藝術家朋友阿爾伯經常在晚間依在窗前聽「號角聲」，他聽的那麼入神，儘管屋內一團熱鬧，彈豎琴，喝茶聊天，一小圈人圍著玩紙牌，也有人當眾朗誦他新完成的詩章……但阿爾伯似乎什麼也沒聽到，他似乎在另一個世界裡。

「阿爾伯，你聽到貝多芬的《英雄交響樂》嗎？」我忍不住問。

「也許，也許不是，夜間的號角聲將我帶回到另一段時空裡；那一年我在一個稱為Argentiere的山村裡養病，我住在石塊堆砌成，屋頂是石板瓦的山間小屋，遠遠可以望見白朗山的積雪，我住的房子就建在山麓間，陪伴我的除了青山翠谷還有各種驚鴻一瞥的小動物，遠遠站在山頂岩石間張望的野山羊、牡鹿、山鼠，一排白楊木就在山麓的左側，棲息我喚不出名字的禽鳥還有那些山花，白色的海葵、番紅花、藍色的百合科、山杜鵑，許多奇花異木我都叫不出名字，我在這樣幽麗的地方整整住了四個季節……」

「我的醫生認為我的胃病和情緒有關，胃鏡照不出我胃有什麼毛病，醫生建議我暫時離開巴黎，擱下我雙重的職業，一份為了謀生，一份為了興趣，刻板的上班族生活加上業餘的版畫家，我原以為自己充分利用了時間，沒想到長期的緊張生活使我的胃疾加重……」

「在Argentiere我認識鄰家一位女子里翁婷，她三十幾歲還是小姑獨處，她陪我去登白朗山，看冰海奇觀去欣賞西舍湖，看黃昏白朗山的倒影，在派西湖上玩風帆，或靜靜坐在夏日午後的白楊樹下聽我閒聊，她屋子四壁都是藏書，她說她曾夢想當作家，沒有當成就以讀書自娛……」

「結束了四個豐富的季節，臨行回巴黎時，我才發覺我和里翁婷已深深相愛，我沒求她嫁給我，跟我回巴黎，我知道里翁婷是屬於Argentiere，她在那裡恬然自適，而我的事業藝術都在巴黎……」

「里翁婷送我下山，一路上她沈默寡言，也沒哭，突然間我聽到山麓間響起維尼說的號角聲，我聽到牡鹿的哀鳴，獵人訣別的迴音，山鳥的悲歌……我知道我這一生再也不會見里翁婷，換句話說，我們的離開也是一種訣別，但那四個季節卻構成我生命中最美好的回憶……」說著，說著，阿爾伯的聲音竟是瘖瘂的……

窗外，夜幕籠罩的庇里牛斯山麓正奏起貝多芬的《英雄交響樂》。

失望中的寧靜就是智慧

我們一行人來到路德城，這是一座聖城。

那些勞苦背負重擔的人，那些面對疾病與死亡而哀苦無助的人，就來這裡尋找生命的奇蹟……

這裡傳頌聖女貝納黛德（Bernadette）的故事，在一八五八年二月十一日，聖女貝納黛德和兩位女伴去揀木柴，當她們來到山洞旁跨過小溪流，女孩們突然哭了起來，貝納黛德問她們為什麼哭？女孩們就說是溪流的水太冷了……貝納黛德正準備解開鞋帶，赤足跨過溪流時，聖母顯靈了，她全身素白的衣服，藍腰帶，腳飾著黃玫瑰，貝納黛德簡直無法相信眼前的奇蹟，而聖母後來又多次顯靈……

我們去看那座立在高處金碧輝煌的教堂，去參觀貝納黛德的故居，她出生的小樓，簡陋的屋子擱著一張木床，聖女貝納黛德就誕生在此。

來到泉水旁，所有朝聖的人都攜帶空瓶來這兒裝聖水。

他們飲著那清涼的泉水，就像啜飲生命之泉。

桑柯飲完她那一杯聖水就虔誠地在胸前劃十字架默默祈禱，她淚光熠熠……

我們沿著路德聖城那條河漫步。

「來這裡朝聖的人，思維裡都充滿了神聖的企盼，就如挪亞在方舟裡迎進一隻希望之鴿，七天後挪亞將鴿子放出方舟，鴿子又回來了，嘴裡叨著橄欖葉，那橄欖葉片一定散發新葉的香氣，那就是希望之鴿帶回的希望……」桑柯突然開口，將心靈旁白的一連串緘默化成倫音天語。

「我不是來這裡尋找希望，我是來這兒尋找失望中的寧靜。」桑柯說。

「失望中的寧靜就是智慧」，那是維尼的一句金玉良言。

桑柯正是荳華之年，卻懂得在希望灰燼中尋找智慧的火花，像維尼「在宿命向你招呼的路途中，堅忍地挑起漫長而沈重的擔子。」

「我和一個人曾經那麼相愛，青梅竹馬，自小就是童年遊伴，後來他離開我們住的那座城到遠地工作，再回來時他身旁就有了新的對象……」

「他約我見面，坦誠告訴我過去美好的日子已屬過去，人是活在變數中，過去的海誓山盟請我將它當成戲言……」

「我面對這樣的結局既沒有眼淚，對過去美好的情感也不再留戀，只有一種感覺；就是失望，就像維尼筆下那隻狼，在斷氣前還舔過自己身上的鮮血，然後合上雙眼，不吭聲……」

我想告訴桑柯她畢竟還年輕，失去一份情感算不了什麼，人生有的是第二次機會，但我什麼也沒說。

夕陽下，朝聖的隊伍依舊綿綿不斷。

他們都在尋找諾亞方舟那隻希望之鴿，惟獨桑柯是在尋找失望中的寧靜——智慧。

時間的沙漏已流完最後一顆沙粒

生命這部書經常將最富玄機的一頁留待最後，那就像黃金庫中最後的一銖。但有的人正當年少就戛然終止生命這部書，如少年天才夏特頓；有的正當盛年，就合上生命這部書，像風格獨特以自己的杯子飲詩酒的繆塞。

天長地久的愛情是最令人羨慕的，但我們當中有誰是那麼幸運能擁有這樣恆久不變的至情？

繆塞和喬治桑有過一段情，繆塞一八三三年認識喬治桑，一八三五年因介入一位年輕醫生而決定分手，從一八三三年到一八三八年是繆塞創作的巔峰，在繆塞詩中詳細記述他和喬治桑旅居的城市。

亞寵尼山腳下的比薩
萊茵河畔的科隆
尼斯臥於山谷的斜坡

翡冷翠的深宮良宛
布里格的小木屋
在荒僻的阿爾卑斯山中……

繆塞形容這些他和喬治桑旅居過的城市為「希望的廢墟」，因為他深夜中的一道閃光——愛情，已如長流逝水……

夏蒙尼這座山城是觀光勝地，它是通向白朗山的一個驛站，這裡的繁榮是因那座聞名的白朗峰，與白朗峰的冰海奇觀，所有的餐飲業、旅館，專門出售冬季滑雪運動，夏季登山裝備的商店、藝術店、旅行社都是為服務登山客的。

在夏蒙尼不論從那個角度望過去，都可以看到奇麗的山景，住在夏蒙尼，對山已不再是份憧憬，因距離太近了，就像已緊握住這個登山夢了，住在夏蒙尼，心早就在山上了。

在登山前那個晚上，朋友們早早就熄燈，準備睡個好覺，明早可以精神煥發走向登山之旅。

就在午夜前一刻，蘇來敲我的房門。

「我可以進來嗎？進來和妳談談，我睡不著，我看妳房裡燈還亮著……」蘇的聲音是那麼寂寞無助，我不忍心告訴她，我燈亮著是因我有夜讀的習慣。

「這是我第二次登白朗山，第一次登山的心境就像要出發去尋找一個登峰造極的夢，心裡興奮的像孩子……」

「第一次登白朗峰，我是和我未婚夫一塊去的，那年我們有許多計畫，我們計畫結婚，在巴黎找幢公寓佈置新家，他喜歡孩子，我們還計畫有一對兒女……就在短短三個月間所有的計畫都落空了，一場病奪走他的生命……」屋裡一片寂靜，只有蘇低低的哭泣聲。

午夜報時的鐘敲響了，那座鐘還雕塑一隻飛出巢外報時的杜鵑鳥。

咕咕，咕咕，夜深聞杜宇！

可是我感覺那座鐘已靜止，所有的鐘擺，齒輪都停頓了，時間的沙漏已流完最後一顆沙粒……

驀然間拉馬丁的詩句來到唇邊：

人間沒有港灣，
歲月沒有邊岸。

「明天我登白朗峰，不是去尋找一個夢，只是為了重溫一個永遠失去的夢……」蘇在回房憩息前說。

繆塞終於談到令人震顫的里多，他說就在那兒的墳場上，他的愛情死了，死在蒼白的亞德里亞海。

但我卻是那麼肯定，白朗峰不會成為蘇心中「希望的廢墟」，因為她的愛情並沒有死去。

蘆葦，斷裂在凋萎的季節

普望斯的香薰衣草就像一片紫色的原始地衣，一望無際。

我們來到諾曼底，住進一幢像碉堡雉堞的大宅。

偌大林園有一片人工湖，湖的邊岸開著雪白雪白的蘆花，那是月光傾瀉在冰雪的世界，那也是透過法國詩人葛紀葉（Theophile Gautier）微雕似的詩句，那蘆白也是經過白蠟和金星石雕鏤的……

「喜歡這片蘆花？」這幢宅子的主人里歐伯汀看我望著那片蘆葦出神就問。

「那片蘆白讓我想起臺灣大屯山上秋後的景色，那滿山遍野的蘆葦……」

「那就該寫一篇思鄉的蘆葦了……」里歐伯汀說著，神色變得十分憂鬱。

「蘆葦總讓我想起愛情，在我印象裡看那麼一幅畫面，湖邊到處是斷裂的蘆葦，那是一個萬物凋萎的冬季，湖上結著薄冰，寒冷的氣流從一扇扇窗板透進來，我的心被冰霜凍結……」

「就在那個冬季我和一位藝術家朋友分手了，他是我心儀的偶像人物，我們的情感曾經是那麼精緻，就像葛紀葉的詩句，他以象牙、絲綢、黃金來雕塑他詩中的文字……」

「但世間多屬平凡夫妻，太精緻的愛情結果往往是幻滅的悲劇。」里歐伯汀最後說。

里歐伯汀走後，留下我獨自面對那方蘆白，我想起葛紀葉一首詩《盆花》（*Le pot de fleurs*），情人們將一粒種子埋在雕刻美麗圖案的瓷盆裡，於是內心就有了意外的驚喜，那粒種子萌芽了，情人們期待是一株春花，沒想到瓷盆裡長出碩大的沈香木，它的根蒂碎裂了瓷盆……精緻的美和精緻的愛情最後都逃不出宿命，世間有許多平凡夫婦，看來也沒什麼了不得的愛情，卻能同生死，共命運。

「里歐伯汀並不喜歡這座宅子，她想早早脫手賣出去，可是在法國目前經濟不景氣的情況下也不易脫手……」

「里歐伯汀長年住在巴黎，她是為了提供給我們這些藝術界朋友相聚度假的機會才回來住幾天……」

「諾曼底給里歐伯汀留下太多傷感的回憶，她和她的情人就在這兒相識，相愛，然後分手……」

我們這些藝術界的朋友議論紛紛，傍晚時分，里歐伯汀彈著豎琴，那一連串的音符在我聽來竟是斷裂瘖瘂的，就像秋天過後一片蘆葦，斷裂在凋萎的季節。

——一九九五、二、十四·中央副刊

徘徊在舊世紀文藝沙龍裡

只要生命的燈
還亮著，
夜鶯還在
深宵歌唱，
世界還有
美的存在，
那舊世紀的文學作品
就會在我們精神領域
迸裂奇光異彩……

孩子枕邊故事——斐阿洛夫與坎德芒

「在很久以前，我們慣用長矛的丹麥人，
那些英勇善戰的君王，
他們的英名早已遠播……」

窗外那色彩鮮豔有如虹彩的薔薇樹都被收進夜色的黑箱裡。整個夏夜，就一箱一箱裝滿了花魂。

母親在夜色籠罩的窗前給孩子們講故事，她不像曾任劍橋大學慶典的發言人赫培特(George Herbert)輝煌一時，最後退隱到一座僻寂的鄉村，在一座精緻的小教堂以藝術精品一般的祈禱詞吟出哀傷的祈禱詩……

薔薇，你的根蒂
就是一處墓園
你必然要凋萎。

母親講的是最早期的布列顛文學《斐阿洛夫》（*Beowulf*），「斐阿洛夫是位貴族，是國王的姪子，他們住在瑞典南部，當時丹麥海羅德宮因海怪襲擊，斐阿洛夫也像德國那位屠龍英雄，只不過他們戰鬥的對象是海怪罷了，就在碧海琉璃宮中，利用仙人賜下的斬妖劍，英勇地達成任務，後來他繼承了王位……」母親娓娓道來。

「這一次斐阿洛夫不再征服海怪，他成了屠龍英雄，他重傷身亡，國人將他安葬在海角的一隅……」

國人同聲慟哭
他們心中偶像英雄已經長眠，
在他部屬百姓心中
他是世人中，也是所有君王中
最仁慈又最受人敬重的
他悲天憫人而又珍惜榮譽。

孩子們呵欠連天進入夢鄉，再也聽不到母親吟唱的《斐阿洛夫》哀悼詩了，他們在夢中勇敢地闖入海怪的穴居，那穴居就在由叢山峻嶺傾瀉下的流水，然後經過幽谷，傾入碧波萬丈的深海，或在狐群出沒的山巖，風雨無遮的海角，那時浪花如飛天玉柱，大海呼嘯聲震動了穹蒼，海怪終於出現了，孩子們都成了小小英勇的斐阿洛夫。

在早期布列顛文學史上還提到坎德芒（Caedemon）。就在一處僧院附近，在星月交輝下，安排這樣一次盛宴，大家輪流彈著豎琴歌唱，坎德芒是僧院僱用的牧童，在宴席上人人會歌唱，只有坎德芒不擅長歌唱，所以他早早退席，回到牛欄裡。

一夜醒來，他竟然能用優美的詩句來歌讚造物主，這首讚美詩還被譯成拉丁文，它的手抄本真蹟被收藏在牛津大學圖書館裡，坎德芒後來也成為一位僧人。

歐洲大陸早期的條頓民族中的行腳詩人（Minstrel）就如一般行吟詩人，為宮廷貴族吟唱英雄征戰的事蹟，《斐阿洛夫》這首敘事長詩，是由盎格魯撒克遜人來到布列顛的土地上帶過來的，在這首詩中已靈活運用隱喻，如以天鵝的浴池，鯨魚的大道來形容海洋。

一代又一代，許多文學作品都淹滅在時光浪潮中，《斐阿洛夫》等早期文學作品，依舊像株不凋的神木。

《坎特布里故事》與史賓賽的《仙后》

班昭的《東征賦》，班彪的《北征賦》，潘岳的《西征賦》都是賦體韻文的遊記，描寫是旅途上的見聞，其中潘岳的《西征賦》最具特色，他在晉文康二年五月間從洛陽到長安，寫下旅途中的感懷，他知識十分淵博，重於用典，對歷史人物都有自己衡量的尺度。

潘岳也是位多感的文人，發抒為文，除了知性，感性也格外豐富，他在這次旅途中，不幸失去幼子，就在途中挖坑將他埋葬，他無限感傷，所以在寫孔子離開魯國，漢高祖劉邦回到他的故鄉沛邑時，那種涕零淚灑的鄉情，特別生動感人。

喬索（Geffrey Chaucer）的《坎特布里故事》（*The Canterbery Tales*）是人生舞臺上的眾生相，是在坎特布里朝聖行列中的人物，是從中世紀各個角落挑選出來的，是當時英國人的縮影，也是世界性人物的縮影，每一位朝聖者都有他們人生閱歷豐富的一面，他們口若懸河說起他們或悲涼，或諷刺，或巧謔，或寓言似的故事。在大英博物館收藏的《坎特布里朝聖圖》，背景是中世紀的建築，在圖中出現的人物服裝也是一特色，代表他們的職業與身分，在這些人物中有繃起臉說教的傳道士，中世紀的騎士，有慈悲為懷的修女，牛津出身的學者，也有酩酊大醉的廚師、農人、醫生、律師、磨坊主人、木匠與水手……喬索以泰晤士河彼岸的Tabard Inn這家客棧遇到眾朝聖者為「楔子」，氣魄非凡地展開他故事情節。

喬索十九歲曾參加英法百年戰爭，成了法國人的俘虜。不過很快就被英國王室贖回，他一生多彩多姿，本身就是多元性的角色，是學者文人、外交使節，並活躍於政治舞臺，出任海關官員，與國會議員，他死後倍受殊榮，是英國被葬在西敏寺詩人角(The Poets Corner)的第一位文人。

英國經歷了百年戰爭接著又是三十年的薔薇戰爭，約克王族與蘭卡斯特王族，以紅白薔薇共爭天下，在一四五〇年至一四八五年間連年戰爭，直到一四八五年亨利伯爵（Henry of Richmonet）在鮑斯華斯一役（The Battle of Bosworthi Field）戰敗英王理查三世，才宣告三十年薔薇戰爭結束，亨利創立都鐸王朝。在薔薇戰爭結束之前，縱然義大利文藝復興的火燄自阿爾卑斯山燃燒到北歐或英國，那火燄的光芒並不耀眼。

但有一顆光芒四射的星光出現了，不是封奈其那（Bernard de Fontenelle）筆下的文藝沙龍，在六個迷人的夜晚，作者和他的女主人，縱觀天象，話題包含了天文知識和神話色彩，照耀著那個世界，是在充滿意象與音韻之美的氛圍中，走入一座文藝沙龍；那是史賓塞（Edmund Spenser）的《仙后》（*Queen of Faerie*）這部韻文傳奇……他獨創一格的「史賓塞詩體」

（The Spenserian）靈活將英語辭彙音樂化了，在睡神Morphens的家鄉，夜色披上玄衣，在象牙白銀堆砌成的宮殿已掩上大門，門外流泉涓涓，疏雨敲窗，風聲低吟，譜成優美的催眠曲。

仙后展開她十二天的饗宴，每一卷詩都是一齣《亞瑟王》英勇冒險故事的翻版，題材一點也不新鮮，將道德以隱喻詩表達出來，也屬承襲傳統，但那和諧悅耳的詩純屬史賓塞的天才之筆，後來我們讀莎士比亞的《仲夏夜之夢》，讀拜倫、雪萊、濟慈都會淵源流長地想起史賓塞。

聽到人們吟唱史賓塞的《仙后》，就會想起承襲希臘哀歌詩人柯爾雷治的兩句詩：

在六音步句中銀色的泉水像圓柱般飛濺；
在五音步句中若音樂旋律般下落。

日全蝕期的彌爾頓

只要生命的燈還亮著，夜鶯還在深宵歌唱，世界還有美的存在，那舊世紀的文學作品就會在我們精神領域迸裂奇光異彩，那屬於古代黃昏的作品，卻神奇地化為近代的黎明。

話說人類最初的離叛
以及那禁樹上的禁果
Of Mans first disobedience and the fruit of that forbiden trees.

——彌爾頓《失樂園》(*Paradise Lost*)

彌爾頓活了十七世紀的四分之三，他是那時代的文壇巨擘，人們說即使他在年輕時就夭折，他在英國抒情詩人中依然占有相當超越的席位，他早期的作品就附在莎士比亞的詩歌裡，他性格是屬於清教徒一類，但不乏藝術家的熱情，他欣賞人間歡悅的畫面，在陽光下喝香洌的啤酒，哼起故鄉的「鳥歌」，懷著對莎翁與蒼生無比崇拜的心情去看戲……但他更像是位苦修士，在人世這座苦修庵修道的心情寫下了：

在苦修庵這禁地
我疲乏地跋涉，
我愛幽微玄光中，
彩繪故事的窗櫺……

盲詩人荷馬寫下最偉大的史詩《伊利亞特》和《奧德賽》，彌爾頓慘遭失明之痛，也走上創作的顛峰，命運縱然關閉了「光」這扇窗子，卻終止不了心靈的活動，彌爾頓和他的友人談起自己失明說：

希雷克，吾友，已經三年了
我的雙眼看來似乎沒有瑕疵
卻已全盲
停止操作的眼球
已將視覺遺忘
終年不見太陽、月亮、星宿
以及世間男女的形象……

——譯自彌爾頓《與希雷克、史坎尼先生談失明》
(*To Mr. Cyriack Skinner upon His Blindness*)

《失樂園》被公認為彌爾頓的傑作，它雖脫離不了荷馬和維吉爾的風格，但驂鸞騰天的氣魄，豐富的想像力，描寫的細膩，辭采的輝煌，混合古典悲劇與傳奇故事的色彩，使它成為彌爾頓的代表作，當他晚年住在倫敦郊區，仍經常有朋友造訪他的鄉居，他的《重回樂園》（*Paradise Regained*）就是依友人之請而寫的題材，是以基督在曠野受試探的《聖經》故事為主，但這首冗長的詩篇遠遠不及《失樂園》了。

失明後的彌爾頓並不怨嘆命運巨掌下的黑暗，他寫出被喻為他一生最完美的作品之一的《大力士參孫》（*Samson Agonistes*）影射自己的失明：

太陽也以黑暗待我，
寂靜有如月光。
The sun to me is dark and silent as the moon.

當華茲華斯追憶這位十七世紀的巨擘，他說：

你的靈魂就像星星
一般遙遠

一般永恆

我想那是世間最美的讚詞了。

——一九九五、六、六・中央副刊

愛的微雕

夏天火紅的
鳳凰花
開在古城的
街道上，
一想起那景致，
鄉愁就
湧向心頭……

蘇黎的夢

陽光將窗臺上金盞菊的花痕印在白紗簾子上，秋風乍起，吹散了一簾花痕……蘇黎啜了一口茶，將散在額前的髮絲輕輕拂向鬢邊，她公寓就面對聖日爾曼皇宮那片濃鬱鬱的森林，她喜歡獨自依在窗前聽林子的風鳴鳥嚶。近幾日她老覺得歐陽修《秋聲賦》裡與童子的對話已寫在窗外那片稠密的林子裡；秋是屬於商聲，是十二音律中七月的音律——夷，在節令中屬刑宮，乃用兵的象徵，是天地間的嚴凝之氣……

上星期天她去探望一位臨終的友人，她是她剛到法國的語文老師，瑪丹是隨緣的人，她不喜歡以師生相稱，要她直呼她的小名瑪丹。送終的一幕原是刻骨銘心的傷痛，可是她看到瑪丹的臉靜默、安詳，像面對大智大慧，她的唇輕啟，說出寂靜無聲的語言；來自天國無聲的樂音，從極遠處傳來。

昨晚她在阿麗斯家晚餐，阿麗斯的祖父母、父母都在場，晚餐後話題天南地北，後來在座有人談起一段諾曼第戰爭的細節，一八七〇年冬天，普魯士軍隊在雪地裡追趕法軍，雪光映照下，原野上隱約可以見到兵士赤腳走過雪地的血痕……

黑暗中聽到兵刃與水壺的撞擊聲。

還有近於無聲的，鬱雷似的呻吟，有的同伴倒下來死了，雪蓋在他們的屍首上……

昨夜，她又做著同樣的夢，在某一個深秋的旅次中，天色已近暮晚，突然下起一場冰冷的雨，她和他攜手奔跑，穿過小樹林又拐了兩條窄通衢，在雨未完全濺濕衣服前跑到一幢廢屋前，跨上石級，推開宅門，

屋裡黑漆漆的，令人毛骨悚然，她每走一步似乎就撞倒穿著甲冑的幽靈。他點亮一根火柴，摸出半截蠟燭，照亮了四壁剝落的灰牆，蛛網在牆角纏結，窗上的帷幔似乎一碰就會立刻碎了，化成滿屋飄散的灰塵……

他找到幾塊廢紙板，點燃了壁爐裡的炭火，在熊熊火光中屋裡氣氛就不同了，那間廢屋竟成他們避風雨的小屋。

她脫了襪子，露出一雙雪白的腳，對著爐火烘腳，壁爐的炭火烘得她臉發燙……他依然正襟危坐，但他的面孔也如火燄，雙眼閃閃發光，像兩段已燃燒的無煙煤……

夢到這兒就接不下去了，像一首曲子還在披奏階段，戛然而止了。

心理學家佛洛依德比喻人的心如兩座房屋，一間較大的用來裝潛意識的情感與記憶，一間是控制這類情緒的小屋，即是本我（Id）、自我（Ego）與超我（Superego），也許她的夢也

是那間裝潛意識的房子，中斷的夢象徵自我壓抑。

那天，他們一塊去參觀博物館，博物館裡展示早期法國原始先民的生活形態，一座橢圓形的窩棚是先民用來抵禦歐洲長期冰期氣候的，還有灶坑、器皿。

他談起法國彌多地區岩棚內發現尼安德特婦人與小孩的化石，拉撒貝勒發現最完整男子的骨架化石……

在歐洲共出現五次冰期和四次間冰期，在冰期達到高峰時，冰川不斷擴展，氣候乾寒。

他還談起尼特安人的葬禮習俗，說明人類在極早期就對死後的另一個世界有諸多揣想……

她聆聽著，突然對原始先民那座窩棚發生濃厚興趣，那座窩棚隔絕了冰川酷寒，當灶坑點燃了火光，那冰凍三尺的世界就不見了。

她彷彿又回到那個夢中，只有她和他……

他來巴黎講學的時間很快就結束了，她送他上飛機，臨行時他一再叮嚀：「多參加社交場合，有合適的對象不妨考慮，結束單身貴族的生活，一個人畢竟很孤單，有病痛身邊也沒個人照應……。」

他在她額上輕輕一吻，天使的一吻，表情嚴肅像位兄長，就在驀然轉身登機的一剎那，她看到他眼裡閃著淚光，輝光燦爛，如點在教堂長廊上的一盞火燭。

贈蘭

那片鄉土不是傳說中莫甘娜女仙的奇妙閣樓和空中花園，不是一千零一夜中阿拉丁的宮殿，但夏天火紅的鳳凰花開在古城的街道上，一想起那景緻，鄉愁就湧向心頭……

杜桍站在一堆藤蘿纏繞的古老牆垣間，這中世紀砌成的牆已風化，泥灰四處飄落，石塊上凹痕疙疙瘩瘩……

那座臺南古城不會在記憶中風化，還有那段情。

由於來自同一片鄉土，人不親土親，初次相識，兩人從臺南古城的鳳凰花，城鄉小調，談到攤子上的吃食，一談就沒完沒了。

「新月如鉤就落在古城我家屋頂上空，廚房裡飄來母親做的泡菜味，還有桂皮、芹菜、花生油與母親鬢髮上的玉蘭花香……」他說。

「我家那幢古樓建得就像四合院，母親將夾竹桃與木芙蓉都種在大木桶裡，擺在天井裡，我們一家就經常在天井裡賞花、賞月、聊天……」她說。

「你見過海絲果嗎？它像彌撒儀式上的聖餐杯，還有野天竺葵的果實像一盞燈燭……有一天我在巴黎林園裡看到一株柿子樹，滿樹鑲嵌黃金的果粒。我站在那株柿子樹下竟然哭了出來，過往的人不知我這異鄉人為什麼站在一株柿子樹下哭，我無法告訴他們，我哭，是因為我的鄉土也生長著同樣一株柿子樹……」他說。

杜梣和他似乎專為亞蘭・布羅契爾小說的情節而刻意安排的，兩位飄泊的異鄉人異地相逢，將彼此的情感都寄託故國故土上，最後又是悵然的別離，連他最愛哼那首《卡沙布蘭卡》的主題曲也是一種巧合，You must remember this, A kiss is just a kiss…

也許一開始他們就沒有打算「同瓊珮之晨照，共金爐之夕香」那樣定下結髮夫妻的盟約，他們都還太年輕，學業沒有完成，事業沒有基礎，誰也無法對彼此承諾什麼。

也許一開始杜梣就預料會來到匆匆結束這一階段，所以兩人相聚時都格外珍惜，杜梣痴心地記下他每一個表情、動作、每一句話，似乎就專為日後貯存的那份美好的記憶。

有一回他們共同去遊一座巴黎近郊的古堡，這座名為香蒂里的古堡籠罩在冬霧中，像舊世紀神話中的一座宮殿。

「愛情是一杯聖酒……」他突然這麼說，杜梣因他這句話而神思悠然了，她像希臘神話的費依頓一心要去看父親的宮殿，那座愛情的太陽宮。

那座宮殿有高高的圓柱，象牙鑲刻的天花板，圓柱閃爍寶石的光彩，四壁塑鑄天地海洋的巨畫，門上是天庭十二宮圖，費依頓終於見到坐在寶座上穿著紫袍的父親，他的身旁，春神頭戴鮮花環，夏神以稻禾當頭飾，秋神的腳上染著葡萄汁，冬神的髮結滿嚴霜……屹立在眼前就是那座華美絕倫的宮殿；霧中的香蒂里，而環繞四季之神竟是「他」。

愛情的神酒就藏在那座水中古堡裡，那是杜梣一心要去造訪的太陽宮。

他們相識第二年，他為了工作和學業離開了巴黎，她走得更遠，她來到地中海岸。

臨別那幕竟是那麼落俗，他們又重複亞蘭・布羅契爾筆下的情節，他捧著一束蘭花，悠悠地對她說：「記得亞蘭・布羅契爾筆下那兩位異鄉人嗎？他們飄泊在巴西，一位以賣藝為生，一位出售珍貴的蘭花，他們懷念同一片土地，臨別時以珍貴的卡特萊蘭花相贈……」

「送你一束蘭花，不是亞馬遜河畔最珍貴的附生蘭科，不是巴西巴拉州亞那普河沿岸傳說中那麼神奇的卡特萊蘭花，那種價值昂貴開著紅、黑、藍的蘭科植物，這是我從十三區中國城買來一束十法郎的蘭花……」

「不敢期望地久天長，只希望在蘭花凋萎之後，你仍然沒有忘記我……」她從他手中接過那束蘭花，熱淚奪眶而出，她將蘭花捧向唇邊，像飲一杯彌撒時的聖酒那樣輕輕吻著。

當他走遠了，杜梣還能聽到那帶泣的歌調，那首《卡沙布蘭卡》的主題曲。

——一九九四、四、十二・新生副刊

塑造另一種人生

如果將人生
當成一塊石，
那塊石
是需要經過
藝術的雕塑，
你；
就是一位
藝術家。

被稱為最高智慧動物的人類，經常活在宿命的框框裡，如果我們鄰居、朋友、親戚中有某一個人突發奇想，宣佈將依照自己意願重新另一種生活方式，大家一定會為他（她）劃上一個大大的驚嘆號，旁邊再加上一個問號。

中國人遇到什麼不如意的事就會歸根於「命」。外國人雖然不怨命嘆命，但從古希臘悲劇開始就多屬於命運的悲劇。古代人對歷史的看法也是一種宿命，與思想家、哲學家蒙田同時代的布丹，認為歷史中含有「命理」成分，這種「命理學」就是據出生年月日或有關數字推測命運，命理學與星宿也有關係，古典學者羅依則以較理性的看法認為希臘羅馬歷史文化是由粗糙到精美，再由精美而腐化，但他仍認為歷史的興衰是逃不出「天意」，其發展是螺旋形的。

古人對歷史、對人類命運的評斷是根據世事多變，希臘哲學家海拉克里特說：「人不能兩次進入同一條河流中。」哲學家塞尼卡因感於時光流逝，就將國家的政治由年輕到老化比喻如初生嬰兒至衰老的過程，斯多噶派也強調世事多變，蒙田的看法是綜合性的，他的觀點更接近義大利物理學家卡達諾，他認為整個世界都處於變動中，在這種不斷變動中，人是連自己都掌握不住的……

馱著古代智慧、知識、哲學的庫藏雖是一種深度，但若再根據古代的「命理學」來詮釋現代人存在的種種現象，畢竟太落伍了。如果我們又逆時光之旅，回溯到古希臘，命運的悲劇裡，在那種迴光餘彩的灰燼中尋找精神存在的空間，那空間並不寬敞。

為什麼不就自己所擁有條件的範圍內，為自己尋找一處寬敞的生存空間，就算人逃不出宿命，也是中國人的樂天知命，不是像希臘悲劇家索福克里斯的《奧德普斯王》逃不出命運所加給他的噩耗，最後弄瞎自己的雙眼那般折磨自己，但希臘悲劇有著崇高的含意，對精神上的提昇是屬於萬古千秋的，那又另當別論。

是演員又是詩人的柯寧斯（John Collins）以樸實、灑脫的筆調寫下揚名詩壇的《明日》（*Tomorrow*），柯寧斯的思想更接近中國人的樂天知命：

在生命的下坡路上，我日見老邁，
許下一個幸福的願；
讓我擁有一間可瞭望浩瀚大海的小屋，
有張舒適的肘椅讓我坐下。
小馬的噠的蹄聲響過草地，
當我心情愁悶，我就歌唱，

直到愁悶消散。
每日雲雀怡悅迎著黎明啼唱，
期待一個晴朗的明日，
也許門前有道走廊，
陰晴時候能遮陽擋雨。
還有一小塊園地，
供我耕耘。
一間倉房用來擱農具藏糧米，
一隻牛供我所需的乳品，
一隻狗與我逗樂，
如果再有一個錢包，
提供朋友短少頭寸時的需要，
我就不羨慕富豪望族，
也不在乎上天將給他們何等榮耀。
當北風呼嘯，但願緊鄰的

山壁是我小屋的
避風港，
夜晚有涓涓清流
搖我進入甜蜜的夢鄉。
在餐桌上能有豐富的食糧，
帶著平和的心境用餐，
遠離疾病和憂傷。
我與朋友分享今日的豐厚。
留下明天讓他們安排自己的盛宴。
當最後一刻到來，
我不得不拋棄朽壞的外殼；
這件我穿了三次二十年又加上
十年的外衣。
在生的彼岸，
我將不會踟躕，也不會重紡

生命之紗，
縫補這件舊衣。
我細細將鏡中的臉兒端詳，
微笑地細數臉上的紋路，
今天我穿著磨損的外衣，
明天期望脫胎換骨進入不朽。

——譯自John Collins "*Tomorrow*"

柯寧斯以樂天知命的態度去面對人生，他詩中的明日是寧靜、美好的，沒有時間帶來的恐懼和壓力，那是他刻意去塑造的一種人生，我們也可以追求一個更美好的人生，不一定要走極端，或遁入空門，或隱居避世，或擺脫所有世俗的羈絆，但一定要給自己留下生存的空間。

一位法國鄰居伊雯事母極孝，為了侍候長期生病的寡母，她失去年輕時代交男朋友的良機，到了年華老大，孤單寂寞就借酒澆愁，酒也加重她的胃疾，伊雯說：「我深愛我的母親，我的兄弟姊妹都移民加拿大，只有我陪伴老母，但母親並不快樂，我沒有自己的婚姻生活，也沒有將來，母女相對是那麼絕望，我後悔我付出的代價，但一切都太遲了！」我們這些鄰居都儘量給伊雯友誼的溫暖，並鼓勵她只要想開始另一種生活都不嫌太晚，但左右生命乾坤還得靠伊雯自己的決心。

伊雯跨出第一步是戒酒，療好胃疾，她開始打扮自己，穿著整齊而精神煥發，她也參加社交場合，漸漸的伊雯不但改變自己，也影響憂鬱有病的母親，母女原是連心的，彼此都分享了生命的喜樂。

一對藝術家夫婦，他們並不富有，但將自己的家格局成一片暖春世界，四壁有豐富的藏書，收藏許多古典樂曲錄音帶，平日夫婦彈琴讀書自娛，在經濟上力求內穩狀態。他們一定早早就領悟福格森（Francis Fergusson）所說的悲劇旋律（Tragic Rhythm）——就如《奧德普斯王》那種持續不斷追蹤命運的悲劇，從追求——衝動——到徹悟這個程式是學者們所稱的「人生模擬」。

由於對人生的徹悟，就會更懂得美化自己所擁有的生存空間，把握今天。

秦代在營建驪山陵園時刻了一對一丈三尺高的石麒麟，是後世陵墓石雕的先河，西漢沈雄的石刻，風格古樸，隋唐雕塑藝術更成熟了，初唐的雕塑家韓伯通就塑造長安聞名「三絕塔」裡的佛像，如果將人生當成一塊石，那塊石是需要經過藝術的雕塑，你，就是一位藝術家。

以音樂、文學、繪畫藝術來美化人生，增加生活的色彩與深度，以宗教、哲學解答生命謎題，充實知性都是雕塑人生這件藝術品不可缺少的主題，但扭轉乾坤，掌握主題的還是「你」。

——一九九五、三、十七・臺灣日報副刊

少年的夢

在月光下，
一定有座專門為
鑄夢的宮殿
立在你眼前，
不要猶豫，
就接受那張
鑄夢的請帖，
走進去，
去鑄造一個
屬於自己的夢！

「第一個孩子手中捏著一團泥，就坐在泥地穴坑裡，他用指頭捏，就捏出一個取得金羊毛的詹參……」母親在床邊為孩子講童話故事。

「詹參（Jason）就是希臘神話那位英雄，他父親的王國為異母兄弟巴里亞斯（Pelias）奪取，他長大就立志要復興父親的王國，巴里亞斯給詹參出了一個難題，要他去取金羊毛，而金羊毛是由一條惡龍日夜看守著，如果詹參達成任務，他就交出父親的王國，詹參英勇無比，終於降服惡龍，取得金羊毛……」母親娓娓道來，孩子在母親柔聲細訴中突然有了第一個夢，那個夢就在成長的歲月中長出一對翅膀，飛翔在寬廣、遼遠的世界……

我十五歲的女兒也編織過形形色色的夢，小時候她想做醫生，看醫生用聽診器聽出病情，覺得太了不起，那簡直是一根仙女的魔棒，當她開始走進文學世界，就夢想像她母親，當一位舞文弄墨的作家……現在她迷上「迷宮之后」克麗斯蒂的偵探小說，覺得那個詭祕推理的世界實在太吸引人了，就在去年暑假完成她第一部法文偵探小說《歌劇院謀殺案》。

「絕對不會有人要出版我這部偵探小說，不過沒關係，我當成習作，每個暑假寫一本，保存起來……」女兒說。

據資料統計與心理學分析，許多孩子原可發揮天賦，成為不平凡的奇才，但受到家庭、環境的限制，早早就幻滅了天才之夢，並非「望女成鳳」，但我仍小心翼翼，怕碰碎了女兒的夢。

有的孩子因家境不好，成績差，又缺少同學的尊重友愛，就退縮到一個閉塞的世界裡，但他們心中依然有夢，他們不會與任何人分享那個夢，那個夢是密封的，鎖在一個寂寞的天地裡，這樣的孩子絕對不能早早判斷他們長大一事無成。希臘最偉大的演說家迪摩希尼斯小時候笨拙不善言辭，後來卻能運用偉大的講辭，激起雅典百姓的愛國情操，對抗馬其頓菲立普二世入侵希臘，迪摩希尼斯還是位辯論家，發表《皇冠論》（*On the Crown*）名標史籍。

西塞羅不但是散文家，也是演說家，他雄心萬丈，擔任辯護律師，充分發揮他雄辯天分，他為了做律師苦學十年，終於圓了他自己的夢。

八歲時海頓就在唱詩班佔一席之地，他的好嗓子讓他得天獨厚，但嗓子壞了以後的海頓，才真正走入音樂世界，完成他的音樂之夢，他雖終生擔任艾斯德哈茲家族的樂師，他的不朽超越了這個家族，他早就成為全世界最知名的音樂家。一八〇九年拿破崙占領維也納，他在法國士兵圍守設崗的住宅內彈奏自己譜的奧地利國歌……。

英國作家、思想家柏克（Edmund Burke）接受是最完美的古典教育，他在愛爾蘭都柏林三一學院（Trinity College）完成學業，柏克在他著作與演講中的斐然成就大部分得自深厚古典語言文字的根底。像林肯來自農村，雙親都沒讀過書，父親是木匠也是農夫，生活只能餬口，林肯幼年所受的教育很有限，不過他是心懷遠大夢想的人，他以求知去實現他的夢，他卓然的政治思潮，精密敏銳的思考與求知慾都令人驚讚！

文藝復興也是夢想的實現，文藝復興的大師們一定逐漸感受到處於當代文藝虛空的狀態，需要將過去輝煌的精神遺產自墓穴中挖掘出來，重新肯定它們的價值，讓那在當代已熄滅的火燄，再次點燃，因此就有了古學的復興。

我不知道在我們這時代卡萊爾的英雄崇拜與愛默生標榜「代表性人物」（Representative men）那一種推崇超人的觀念是否能被接納，愛默生在著作中提到柏拉圖、蒙田、莎士比亞、歌德、拿破崙……他們都是住在思想的象牙塔裡的人物，這些所謂代表性人物啟發我們的智慧，引領我們進入情感的深度，他們斐然的典章與成就對少年是一種激勵，愛默生並深信我們也可以經過艱苦的奮鬥，達到像這些代表性人物一般的成就。

卡萊爾的「英雄崇拜與英雄史蹟」雖含有十九世紀的浪漫色彩，譬如他認為偉人創造歷史，英雄是社會的中流砥柱，這些高調也許不能完全為現代人接受，但在少年繽紛的憧憬中，不妨把夢的理想提高那麼一層，卡萊爾認為那些真理的追求者如約翰生、盧梭、蘇格蘭田園詩人彭斯都接近「英雄」……少年的夢是自由的，夢想自己成為愛因斯坦或莎士比亞都不算狂妄，在成長的歲月定下目標往前努力，一份努力就有一份收穫，如果不能成為愛因斯坦或莎士比亞，光是愛好文學熱衷科學，在文化科學園地裡就算有了貢獻，小小貢獻也可以滴水成河。

法國學童早早就定下將來的志願，課堂裡老師問每位孩子將來的志願是什麼，在問答中課堂裡擠滿了大人物，外科醫生、作家、畫家、音樂家、國會議員、太空導航員、建築師、工程師、服裝設計師……取代一張張，或憨厚、或頑皮的小腦袋，老師們也極為尊重每位小小夢想家，慎重將他們志願填在志願表上。法國的教育是精兵教育，「名師出高徒」他們一點也不認為這種說法老朽，對愛默生推崇代表性人物或卡萊爾的英雄崇拜一定不加排斥。

不過法國人對孩子將來的夢也多數採取從旁督導的態度，一位精通多種語言的語言學家兼教授，她的女兒只想做一名祕書人員，她也欣然接受「我女兒只要將祕書一課唸好，能應付速寫、打字，或基礎應對的語言訓練，與一般商業書信，我就不苛求了，行行出狀元不是嗎？」這位語言學家說。

當希臘夢神海爾彌斯對你搖起仙棒，吹出迷人的仙笛，在月光下，一定有座專門為鑄夢的宮殿立在你眼前，不要猶豫，就接受那張鑄夢的請帖，走進去，去鑄造一個屬於自己的夢！

然後努力去實現自己的夢。

——一九九五、三、十二・自立晚報副刊

流過記憶

當淡紫色的
霞光
鋪在萊茵河上，
水面映出
河畔童話般的
建築，
水底似乎
也有一個世界……

一切美的淵源來自水——萊茵河之旅

從旅棧的窗口望出去，是一片敞開的野地，突然覺得自己置身於如茵綠野中，四壁並無遮攔，野地就是地板，陽光或星月的光輝都能穿牆透壁……

來到德國萊茵河畔，醉人的不只是香醇的德國啤酒，而是萊茵河的水。

一切美的淵源來自水，那一定不是我杜撰的，希臘神話中愛與美的女神阿拂羅蒂德是由一個白色水泡出生的，水孕育出一位麗人，由風神塞浦魯斯以輕柔的微風將她送到美羅斯島，由季節之神赫拉為她披上華衣……

當淡紫色的霞光鋪在萊茵河上，水面映出河畔童話般的建築，水底似乎也有一個世界，那是安徒生童話中兩個島——維諾和格勒諾，當維諾在一個暴風雨晚上沈入海底，人們聽到野天鵠的叫聲，就以為是海底傳來的鐘聲……

萊茵河支流阿爾河與摩塞爾河畔那一片接一片的葡萄園、葡萄美酒，將德國人的臉罩上紅暈，他們看起來似乎很友善，人們若將玷污德國聲譽的納粹，和那些店老闆、旅館服務生、在酒店一邊飲酒一邊高歌的老人聯想在一起是很不公平的。

德國的野心家應該以歷史為鑑，德國人也經歷過國土被蹂躪、饑荒、征戰、屠殺的歲月如馬葛德堡的舊事，當這場戰爭結束，德國就成了一片荒涼的廢墟……三十年戰爭過後，凡是使用德語的國土都荒廢了，人口削減只剩戰爭前的一半，宗教戰爭使德國沒有文藝復興，所剩下只有德國文學了……

我曾與一位漢堡的研究生談起德國文學代表人物——歌德，「不可否認歌德是德國人的驕傲，他二十四歲以《少年維特的煩惱》風靡歐洲，而《浮士德》是八十三歲完成的，《浮士德》象徵歌德的智慧，那是對生的熱望，對存在經驗世界的留戀，也是人間煉獄……」這位大學研究生說。

人說德國人重理性，是否與他們大哲學家叔本華、尼采、康德有關？叔本華的哲學脫離不了意志與表象的世界，求生的意願逃不出生物學的悲劇，遁隱的思想藝術的昇華是唯一通向智慧的大道。

尼采提倡超人哲學，是近代人生活的酵母菌，道德與物質世界一樣是變化和有生命的東西，人是可以超越凡俗中的自己……

德國人可以很自豪地說，他們文史哲學不是浪漫主義糟粕瀝出來的感傷格式，但來到優雅、古典、夢一般萊茵河鄉城，我純粹只想度一個悠閒的假期，單純嚮往泥土大地、葡萄酒、麵包和鱒魚的風味。

克里特島的舊文明——泰晤士河夜遊

在克里特島的克諾蘇斯城，人們發現史前的愛琴海文明，據傳奇所述，克諾蘇斯城的米諾斯王在華麗的迷宮中養著一隻半人半牛的怪獸，還流傳巧匠戴達羅斯與其子卡羅斯飛行的悲劇，但不管神話的真實性是否可靠，克諾蘇斯在史前愛琴海的文明中是一樁奇蹟。

在史前二千五百年至二千年，克諾蘇斯城的陶器、紡織品、繪畫、雕刻、飾物的精雕細琢令人驚嘆！

這座古城，這座迷宮最後是被外族人所毀，就像荷馬史詩《伊利亞特》中的特洛伊城，在《木馬屠城記》中的情況，在廢墟和遺蹟中，考古學家卻發現驚人的文明，他們婦女的服飾竟和維多利亞時期一般……

在泰晤士河夜遊的輪渡上，人們聚成一小圈一小圈，不是開懷暢談，就是飲著一杯又一杯的雪麗酒、馬丁尼、櫻桃酒、麥酒……輪渡已遊過倫敦的精華區，剩下的旅程盡是荒廢的工業區，縱然有星、有月，依然讓人感到心頭沈甸甸的，不知何故，我想的盡是克里特島上克諾蘇斯那座被毀的舊城……

在輪渡上人們話題離不了這曾是日不落的大英帝國，黛安娜王妃與查爾斯王子的婚姻，英女王二世，愛丁堡公爵，莎拉與安德魯王子的風流故事……

日不落的大英帝國早就不存在了，英國王室也只是尊貴和光榮的象徵，其實自一二一五年貴族起義，強迫獅心理查的弟弟約翰王立下宣言；大憲章，英國就已成為法治而不是帝王專制的國家，亨利七世、八世和他的繼承者愛德華六世，瑪麗和伊麗莎白一世想將英國成為個人君主政體的夢早已粉碎了。

現在的英國王室是下午茶的話題，這極端貴族化的歐洲古國，只有在年長一代的風度禮節上，在宴會的繁文縟節，聖誕節的盛饌，或觀賞莎翁名劇時還保留些許貴族的色彩，其他生活細節都相當平民化了。

「旅行總希望找到一點歡悅的氣氛，像這樣的夜遊實在夠沈悶的，我只想早點回旅館，喝杯熱茶，洗個熱水浴，看克麗絲蒂的推理小說，睡個好覺，明天我要去看大英博物館、蠟像館……」來自蘇格蘭的史高特太太說。

但泰晤士河上的夜遊依然留給我深刻的印象，也許我一直沈醉在歷史的扉頁上，愛琴海上被毀的古城、克里特島上的克諾蘇斯華麗的迷宮和它令人驚讚的文明。

牧神之歌——淇薇爾河

教堂彩繪玻璃透出幽玄的光，照亮繪著聖經故事的窗牖，東方學院像座瑰麗的殿堂，深入殿堂是囤積智慧的典籍，而淇薇爾河卻鐫刻我年輕的夢痕。

英國牛津淇薇爾河生長一種蘆葦科的水草，像一枝玄色的蠟燭，我經常採來插在花瓶裡，玄色是肅穆的色澤，是牛津古城特有的色調。

初臨異鄉，生活總是艱辛的，同一座樓的法國少女裘麗形容異鄉是寂寞的世界，家園國土的溫暖只存在記憶中……可是我的房東庫克太太卻有另一種解釋，她說：「生活就如嚼硬堅果，如不將它消化，就要被它噎死。」我能一路走下去，也許就因為庫克太太這句引人深思的話。

淇薇爾河在我記憶中是最美的清流，我像對待情人般，以一頁又一頁的篇章來記述我的「驚豔」。

一個春日午後同學安娜、裘麗與我約好去淇薇爾河泛舟，安娜自稱是舵手，還說好遊河後一塊去渥德斯多街喝粟色麥酒……

輕舟順著淇薇爾河兩岸滑行，櫓槳的節拍就響在水面上，驚鴻一瞥的野兔奔馳在草原上，維多利亞建築典雅優美像舊世紀的城堡，兩岸茂林的倒影映在明淨的河上，柔和的陽光令人想打個盹……

當輕舟滑過一片櫻樹林，落櫻成陣，已有一對小兒女的安娜突然天真地說：「讓我們來許個願，就將落花當成殞落的流星！」安娜借用奧古斯汀·封·普拉登的詩句悠悠地說：

我願像輝煌的星子，
一樣快速地隱逝，
我願如此離開人間，
宛如傳說中的潘達羅斯。

潘達羅斯（Pindaros）是古希臘抒情詩人，傳說中他在劇院看自己悲劇演出，像入睡一般安詳地死去，當悲劇合唱結束，人們要喚醒他，才知他的生命和他的詩歌一般已進入永恆。

淇薇爾河是我心中的一首歌，是由牧神的蘆笛唱出來的。

人說留學生涯是十分辛酸的，但生活也可借用一雙藝術的手去剪裁、佈局，淇薇爾河所留給我的記憶是一頁美的詩章。

塞納河畔的品味

想像二千年前的巴黎只是一座漁村，一位灰姑娘仙杜麗拉一夜間登上南瓜車，穿上華衣美服搖身一變而為豔驚四座的美人。

巴黎最年長的美女——聖母院，典雅依舊，這裡有由六千根音管所組成的大風琴，國葬盛典都在此舉行。

星相家的傑作——盧森堡公園，座落在拉丁區，浪漫的像《波西米亞人》。而羅浮不是因有一百三十七克拉的印度名鑽而價值連城，它的價值來自藝術。

在早期的法蘭西文學讀到《玫瑰故事》（*Le Roman De La Rose*），寫《玫瑰故事》有兩位作家，前半段由威廉・德羅理在十三世紀時寫的，四十年後由約翰德・莫思續寫後半段。威廉寫的是貴族文學，約翰則屬於布爾喬亞的平民文學，《玫瑰故事》不是冬烘先生肚子裡的滿腹經綸，但它深受奧維德《愛之藝術》的影響，內容豐富的一部百科全書。

「其實法國人一直在寫他們的玫瑰故事，將貴族文學與布爾喬亞文學的品味帶進生活……」法國友人貝納夫人這麼說。

也許就是這種貴族與布爾喬亞生活的品味，讓法國人的生活豐富而含著幾分浪漫色彩……

塞納河靜靜地流過巴黎市區，在巴黎求學期間我最愛到塞納河畔漫步，流連在那長達千餘尺的舊書攤上，目送塞納河的遊舟在黃昏粼粼波光中穿越而過，瞥見艾菲爾高塔閃爍金光，或鑽進羅浮宮……

「羅浮」不是一天鑄造成的，它歷經了將近六百年，才臻於今日的輝煌瑰麗。最早的「羅浮」只是菲立普・奧古斯特統治下的一座城堡，到了中世紀，它是收藏世間稀世之寶的宮殿，後來路易十三、路易十四所收藏的珍品，拿破崙遠征時帶回來的古物，或來自義大利的名畫都收藏在這裡，羅浮宮就成了擁有四十多萬件瑰寶，世界上最富盛名的藝術博物館。

迷人的巴黎是藝術之都，最迷人的藝術來自羅浮。

——一九九四、十一、四・新生副刊

母親的眼睛是天上的星星

——慈母吟四題

在月光下
他為母親朗誦
坎波兒的詩句，
母親似懂非懂的
神情，
母親那雙
黑色的眼睛
化成天上的星星……

守望的星星

夜色籠罩下，號兵吹起號角，天上已出現了像哨兵般守望的星星。

那年，他上×大外文系，暑假回到嘉義鄉下，坐在桂花飄香的院子裡望著滿天星星，就為母親朗誦坎波兒（Thomas Compbell）的詩句，母親似懂非懂地望著他，在夜色下，母親黑色的眼瞳就像兩顆閃光的星星……

母親沒念過幾年書，閱讀一般的報刊都經常發現難字，她隨夫婿日出而作，日入而息，過著農家婦的生活。記憶中母親年輕時也有一張姣好的臉龐，笑起來還有一對迷人的酒渦，後來那張臉經過歲月的寒風烈日的侵蝕，就如濯濯荒原上一塊斑駁的岩石，岩石本身就是豐富的戲劇情節，那場戲是演繹在人類歷史舞臺上，譬如人類歷史最初的扉頁，在海底深處，在漂露海面的陸地底下，地球原是被「地幔」密密裹住，這是一層厚實的結晶岩……

地幔是屹立在浩瀚翻動的漩流裡，就如母親那張臉鐫刻在時光浪潮裡……

母親一雙手粗大結實，內容卻是細緻纖巧，她釀果子酒，年節自製臘味，幫鄰人婚宴時備酒席，自己裁製衣裙……

他上成功嶺，父母遠道來營中探望他，還帶來她親手包的粽子，分饗營中同伴，上成功嶺，他沒經歷坎波兒的《戰士之夢》(*The Soldiers Dream*)，他沒睡在草墊上，燃起篝火以防狼群的侵襲，他沒真正上過黃沙瀰漫的戰場，倒是留下一段難忘的記憶，交上不少好朋友。

結束成功嶺，他申請到美國一所知名大學全額獎學金，出國前夕，他與母親中宵對坐，拙樸的母親說不出心中的離情別緒，只是垂著兩行熱淚，望著眼前的愛子，將一對金手鐲交在他手中喃喃地說：「這是給你將來的媳婦，阿母老了，將來恐怕不能千里迢迢來參加你的婚禮……」

紅蘭之受露
青楸之離霜

在他感覺中不再只是描寫情人離別的騷愁，也刻劃了母子間的離情。

在國外生活他完全沒有駕鶴上漢，驂鸞騰天的感覺，他似乎來到驚沙坐飛的大漠，在陌生的國度裡一點一滴細品鄉愁；

稻子收成後秋天農閒的季節，坐在乾草堆中品味母親手釀的李子酒，梓里間有喜事，宴散歸來陪著母親踩在田疇小徑上，也踩在滿月的光輝下，母親突然興致很好，談起她自己童年湮遠的往事……

還有在月光下他為母親朗誦坎波兒的詩句，母親似懂非懂的神情，母親那雙黑色的眼睛化成天上的星星……

在異國穹蒼下，他看到滿天像哨兵一般守望黑夜的星星……

擺渡的人

「列子裡有這麼一段寓言，話說一位燕國人自小生長在楚國土地上，到了年老思念故里就踏上歸鄉之途……他是到晉國，別人騙他說這是燕國，這位異鄉人就黯然神傷哭了起來……」

他在異鄉敞開的夏夜窗前為小女兒講故事，小女兒漸漸倦了，闔上雙眼，他熄了燈，卻流連不捨，沒立刻回自己的臥房……

小時候母親也常守在床邊為他講故事：

「有一位王子擁有一件稀世寶物，那是傳世的國寶；一件黃金製成的弓箭，那金弓一經射出，必然百發百中，王子每逢出獵必然帶著他的金弓。森林裡住著一位美麗的精靈，看上了王子的金弓，她用盡了方法要奪走王子的金弓，結果竟犧牲了王子的生命，王子死後，這位精靈擁有了金弓，但她並不快樂，她發現自己暗戀王子……

她剪下自己的金髮纏在金弓上，製成琴弦，透過金弓她奏出哀傷而又優美絕倫的樂章……」

母親原是學聲樂的，她有一對好嗓子，父親在他三歲時病逝，留下母親，他和一歲的妹妹與一筆因父親住院向朋友貸借的醫藥費……白天母親將他和年幼的妹妹寄在外婆家中出外工作，晚上又從外婆家中將這對小兒女領回家，她自公司的小僱員、出納、會計一步一步走下來，在父親死後驚駭高浪的生活中，她扮演擺渡的人，雖然生活中處處是拍岸的濤聲嘩嘩地響，她划著小舟將這對小兒女引渡到安穩的鄉園……

在成長的歲月，他和妹妹在學業與工作上受到挫折，母親依然是擺渡的人，但這時的母親不再像他們小時候自己划起小舟，將這對小兒女划入避風港灣，她經常用荀子的話來鼓勵他們，那段嘉言是母親的老師在她畢業紀念冊上的題字：

騏驥一躍，不能十步。

駑馬十駕，功在不捨。
鍥而捨之，朽木不折。
鍥而不捨，金石可鏤。

也許平凡的母親就用師長給她這段臨別贈言鍥而不捨扮起擺渡的人，他與妹妹雖成長在單親家庭，依舊接受最完善教育，過著溫暖的家庭生活，妹妹來信說，母親閒暇沒事，就自己哼著歌兒，哼著……哼著……就珠淚滴落，在過去那些驚濤駭浪的年月，在父親逝世，她孤單扶養一對兒女的漫長年月裡，母親從沒提過「辛酸」二字，他想起母親小時候為他講音樂寓言，那位美麗的精靈將她的金髮，剪下來纏在金弓上結成琴弦，透過金弓奏出哀傷而又優美絕倫的音樂，他想那故事裡一定有母親的夢。

他俯身吻了小女兒，輕輕為她掩上門。

冬草

母親節別人都佩帶紅色的康乃馨，她佩帶是白色的康乃馨，康乃馨象徵母愛，每逢一年一度母親節，花市上的康乃馨成了最有身價的花中之花。

她在花市上買了一束白色康乃馨，回到寓所插在花瓶裡，客廳裡早已有一瓶紅色康乃馨，是她三位兒女為慶祝母親節預先訂購的。

紅色與白色康乃馨，一是慶祝佳節，一是追念慈母，她神思悠然……

南齊王族的宗室中出了一位詞賦家：蕭子暉，他感於冬季百卉凋零而寫下有名的《冬草賦》，那裡面也隱含他個人身世的感傷，因為齊亡後他的政治生涯結束了……冬草在眾芬摧萎的節令反而蕤葳，那種凌霜不屈的特性，說明人在苦節中的堅毅，芳菲凋盡，小草卻像松柏不凋於歲寒，這短短百字的《冬草賦》卻成為了蕭子暉的代表作之一。

她讀《冬草賦》就想起母親。

母親是女強人，她是專科學校的校長，當年創辦這所學校，一樑一木都是她的心血，她將這所學校辦得有聲有色，她服務教育界四十年，春風化雨，桃李滿天下，言教身教，對她來說，母親是位良師，也是慈母。

母親說：「人是主宰自己的工程師，要營造一座宏偉堅固的建築，就要經過小心的策劃，要靠恆心、勤勞，還要用頭腦，不要小看一磚一瓦，一座輝煌建築就是一點一滴血汗凝成的。」

母親逝世後，她接下專科學校的業務，幾乎不勝負荷，她在心力交瘁中就憶起母親唇邊永遠掛著微笑，和藹中含有一種剛毅，不是傲笑群倫，那種微笑說出母親心中的話：「我經得起挑戰！」

絲衣與詩

涼生西牖，有小築美南，林蔭深藪，攬翠樓高，邀風松密，也異地風光，壄任草嫩幽禽睡，儘綠侵芭蕉透，看兒儕澆幾翻心血，業成功就。

收到母親那件印染著印象派大師作品一般，繽紛色彩的絲製外套已是盛夏了，但早晚天氣還是沁涼的，就可以派上用場，包裝絲衣的禮盒還夾了一首母親為弟弟德州新居所題的詞，題名是《喜遷鶯》。

「慈母手中線，孩兒身上衣」，小時候母親總是親自為她縫製各種款式的新衣，她和妹妹穿著荷葉袖花色淡雅的衫裙，鑲花邊的襯衫，十字繡的羊衣毛……

母親就用一雙寫詩填詞的手，為她心愛的兒女縫製身上衣，後來母親年紀大了，眼力衰退，穿針引線都得兒女代勞，就不再親手裁製服飾。

年幼時穿著母親裁製的衣裙純粹為了愛美，母親在燈下一針一針地縫，一針一針地繡，夏日午後的蟬聲與母親腳踩針車的札札聲，讓她沈沈欲睡……年事漸長就懂得那一針一線含容慈母無限的心意，每件她裁製的華衣，也像她詩詞中的繽紛文采……

蘭蕙芬芳手自栽，孤芳獨抱玉樓臺。
月籠虛閣移花影，霧起迴欄濕青苔。
醉裡芙蓉嬌可掬，風中揚柳撩夢迴。
為愛良夜遲遲睡，獨步中庭拾落槐。

她細細品味母親手擬的詩稿，一片冰心化成的詞采與詩魂，承襲中國古典閨秀的遺風，晚浴冰霜，晨餐清露，靜院聽松風，樓臺聆夜雨……

她穿著母親贈送的絲衣，走在五月紫丁香花巷裡，貫耳盈目全是母親清麗動人的詩吟。

——一九九五、七、七~七、八・自立晚報副刊

凝固的輝煌

——讀祖慰《面壁笑人類》

我卻是
痛苦而幸運的
失重者——
牛頓苦心證明
並熱烈憧憬獲得
「宇宙速度」的
太空人，
終於擺脫了
無所不在的
地球魔力。

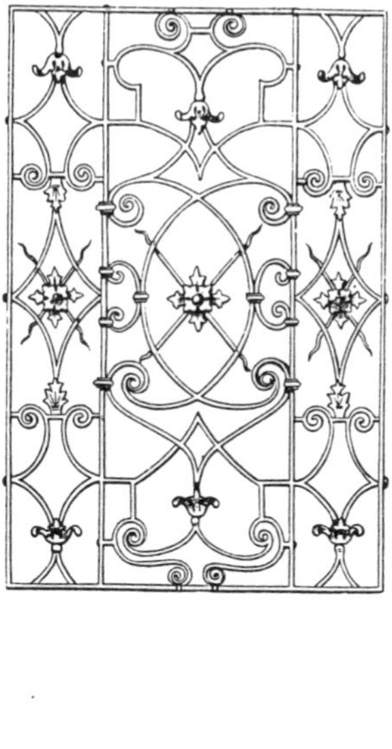

一面色彩繁麗的壁

達摩在少林寺面壁九年悟出禪機，祖慰在巴黎面壁五年含鉛吮墨寫成十萬字的《面壁笑人類》（臺北三民書局出版）。

祖慰所形容那層壁，是由於語言隔斷人與人交流的「法語之壁」。

一般人跨入一塊陌生的土地——我們稱之為「異鄉」，就湧出剪不斷理還亂的孤絕之感，卡繆小說《異鄉人》，波特萊爾與普路德荷（Sully Prudhonne）詩中寫的都是異鄉的孤絕，波特萊爾詩中那位異鄉人不知道自己國家在那個緯度上，不懂朋友二字所含溫馨的意思，沒有骨肉至親手足兄弟……

我曾問過一位法國人對異鄉人——法文L'Etranger的解釋，他很坦白地說，異鄉人就是陌生人、異邦人，這樣赤裸裸的回答引起我內心的驚顫，我的浮想由維尼（Alfred de Vigny）的《狼之死》（*La Mort du Loup*）聯想到波特萊爾的《信天翁》（*L'Albatros*），維尼筆下的狼被圍困了，鉤爪陷在沙土裡，牠焦渴、絕望、槍火鉗口穿透牠的皮肉，家園已毀，去路被阻……

波特萊爾的《信天翁》為尋開心的水手捕捉後，往日馳騁海天間的傲氣一下沒了，墮入由人笑罵的塵寰……

但來到祖慰的筆下，看到是迥然不同的景觀，表達的不再是多少文人筆下異鄉的辛酸。祖慰住在一座形而上的塔樓裡；巴黎的隱廬，知識的象牙塔裡面壁，思維如流光迸彩，豐富華美。

在《壓扁了的胡思——巴黎地下鐵裡的諧謔曲》，他描寫自己在巴黎地下穿行是馱著最沈重的美在行走；世上最大的拱形門——凱旋門，馱著協和廣場刻著一千六百個神祕的古埃及字，高二十三米的古埃及尖頂方碑。

馱著維納斯、蒙娜麗莎等四十多萬件藝術珍品的「羅浮宮」……他也馱著卡繆的《異鄉人》與《薛西弗斯的神話》兩件最沈重的美……

在《巴黎之問：塗鴉與書法》他說屈原被放逐後內心抑鬱，就引出一百七十多個問題，成了《天問篇》，他則由巴黎的塗鴉聯想到古埃及象形文字，中國書法藝術，源遠流長從史官倉頡造字，古埃及古印度文，兩河流域的蘇美文（楔形文字）以及中國甲骨文，中國文字成為絕有的書法藝術等，他引經據典，並有獨到的見解。

《橙紅色的失重》是他剛到巴黎時寫的，他說：

> 被命運拋擲的我，不是伽利略手上的鐵球。伽利略當年從比薩斜塔上鬆手掉下去作落體實驗的球，是被地球引力俘虜和囚禁的角色。球是失落，不是失重。我卻是痛苦而幸運的失重者——牛頓苦心證明並熱烈憧憬的獲得了「宇宙速度」的太空人，終於擺脫了無所不在的地球魔力。我逍遙了，如《莊子・逍遙遊》中的鯤鵬，扶搖直上九萬里；但也失重了，無左無右，無上無下，無恆無定，絕對縹緲。

這就是祖慰心靈的獨白，他在異鄉不是失落而是失重，馱著美是重量，尤其是卡繆《異鄉人》、《薛西弗斯的神話》所加給他異鄉的沈重，他是又痛苦又幸運的失重者，將辛酸化為諧謔，他不是異鄉失落，反而如《莊子・逍遙遊》中的鵬鳥，逍遙遊於他自己營造的無形莊園中，在這部散文集裡，表達他藝術與美學的見解，孤獨地與古代詩哲對話，迸裂出智慧的火花。

東漢明帝因「雅好圖畫」，畫師在寺觀或宮殿繪壁畫的風氣盛行了，壁畫的內容有娥皇女英帝堯等古代帝王帝后的壁畫，後來明帝又在洛陽南宮命畫師繪製《雲臺二十八將》，而白馬寺寺壁的《千乘萬騎群象繞塔圖》首開佛教壁畫的先河，而像敦煌莫高窟，擅長田泥塑與華麗色彩，將壁畫藝術發揮到盡善盡美。

莫高窟的藝術不但發揮了高度的技巧，也表現了豐富的內容。

讀祖慰《面壁笑人類》就令我想起莫高窟的藝術。

智慧與命運的交戰

當莎士比亞說起「智慧與命運交戰的一刻」(Wisdom and Fortune combating together.)，我不知道那一刻將是如何驚心動魄！

但祖慰卻娓娓道來，以散發理性光輝的篇章為我們分析這場人類的大戲。

祖慰在分析人類這場大戲時，將傳統散文體裁的領域拓廣了，不再是傳統散文作家筆下的鶯飛鳥語，湖光山色、歌春吟秋，也不是寓教於文。其實散文體裁本來就可以包羅萬象，是最自由，最有伸縮性的文體，可以運用詩歌的美，又不受押韻格律的束縛，可以抒情，也可以論說，譬如《西賽羅的論文集》、《何瑞斯書信集》。何瑞斯的《詩的藝術》、李維《羅馬人編年史》、聖奧古斯丁的《懺悔錄》都是不朽的散文作品，而內容層面相當廣泛，祖慰散文內容也給人一種駕鶴上漢，驂鸞騰天的感覺，是大手筆，而非雕蟲小技。

在《青蛙的「小夜曲」》中，祖慰不是描寫蛙聲勾引起墨人騷客的溫柔情思，祖慰對生物學興味濃厚，在該組「仿生四樂章」中他用的是生活的語彙，人類仿照生物的優勝劣敗，合度適應生活環境。這組文字耐人尋味是弦外之音。作家的風格也表現在語彙的運用上，所謂「莎士比亞的語彙」、「喬索的語彙」，而「史賓塞的語彙」還有它專有名詞——史賓塞詩體(The Spen-serian)，祖慰運用的語彙十分獨特，在「仿生四樂章」他論及生物學知識，在談藝術與美學時，他用的又是另一套語彙，多樣、變化的語彙就如他文章豐富的內容。

在《天才過剩》中他談到天才過剩的悲哀，金字塔裡的天才變成互相噬咬博鬥的老鼠……《水仙花》一文裡他說：

> 美少年納西瑟斯（Narcissus）飲泉，在如鏡的清泉裡看到自己無與倫比的美貌。自賞的美感是最濃醇的。對影共酌春風醉，微醺間，納西瑟斯把泉中的倩影當作一位絕色仙女。仙女正向他傳來流盼，他觸電似的撲過去，於是一切美被溺斃了。

在這段精緻的美文中祖慰引用希臘神話的典故隱喻，人類的自戀、自殘、自殺，就如山禾自寇，膏火自煎。

在《超越自我之禍》並非莊子《人間世》所舉螳螂以弱小臂膀想阻擋車輪那般不能認清

自己，又想超越自己，他嚴肅談到，人想超越正常生活程序所惹來的災禍，譬如二十世紀的瘟疫；愛滋病，是因人類超越大自然傑作——正常生命程序而滋生的。

《醫：萬福與隱患》他從世界最早知名醫師的塑像——塞克特（Sekhet）手拿兩篇象徵智慧與權力談到達爾文物競天擇，他更用了一段對話體的文字；他與上帝充滿智慧的對話，很有哲學味地道出人在享受智慧的快樂的同時，要承受智慧的痛苦，是形而上的一種宿命，是卡繆描寫的《薛西弗斯的神話》。

歸結主題，醫學是萬福也是隱憂，他舉的隱憂都是根據實例，治學態度的嚴謹令人折服，這些有學術價值的作品是值得讀者細細研讀。

美的符號

亨特（J. H. L. Hunt）有一句詩描寫月光，他說：

月光流瀉空中，華美就如百合綻放。

Saw Within the Moonlight in His Room Making it Rich and Like a Lily in Bloom.

謝莊《月賦》：

若夫氣霽地表，雲斂天末，洞庭始波，木葉微脫。菊散芳於山椒，雁流哀於江瀨，升清質之悠悠，降澄輝之藹藹。

亨特筆下的月光使他聯想到百合，不寫月色皎潔，卻引用百合綻放來形容月華。謝莊要描寫月光的「清」與「澄」，就先為它佈置下氛圍；在霽朗澄明的時刻，雲斂了，洞庭湖面開始翻起微波細瀾，是木葉凋零，菊芳雁鳴的秋天，這時月色格外空明。

這兩種描寫都是一流的手筆。

祖慰寫過不少美學專題的文章，收集在《面壁笑人類》裡的散文，並非每篇都是透過美學角度的學術性文章，有的只是水一般柔麗的純散文；一種貴族化的散文，但依然是美的符號。

雪，滿目雪，空降下萬噸白。

呵呵，阿爾卑斯山上空正在空降下萬噸潔白的暴徒，悄然地、柔情地、飄渺地而且絕對地對一切異色進行強暴，占領千山萬壑、萬樹千株，多元的崚嶒、多元的色階被絕對強暴成一元的曲體和一元的潔白。「落了片白茫茫大地真乾淨」。詩意的強暴。

夜擲萬頃銀，晨投一谷金。

一夜大雪戛然而止，黃色的晨曦從雲隙裡射向一個低谷；滿谷輝煌奪目的金。

——眼的滑雪記

他沒先進古堡，真的穿過右側門在古堡後吊橋上極目觀賞了後花園。哇！果然是藝術的狂飆、美的交響、凝固的輝煌！向前展開而去的曲線大地似人體，是睡著的維納斯的柔美人體。

——多角色透視的妙覺

進入莫奈故居的東方園林，才能識別後來畫評家說的「他有一雙了不起的眼睛」。荷塘睡蓮與畫布上的睡蓮迥然相異，荷塘睡蓮是人人能得的孟子說的感官同美；畫布上的閃爍著光的絢麗流動美，卻只有莫奈的眼睛看到。他的藝術之眼卻是由光學與

——黑貓／莫奈的眼睛

靈感的合鑄。

本世紀版畫大師伊夏（M.C. Escher），他的作品不是一般的構圖，而是驚世駭俗的，讓人運用腦筋思考，要透過一雙特別的眼睛，以另一角度去欣賞，譬如他的《版畫畫廊》這幅一九五六年完成的作品是將不同層面的意識纏結在一起。

他的傑作《晝與夜》畫中的黑鳥飛向白晝，而黑鳥鏡中的側象——白鳥則飛向黑夜。《三個世界》中水中的游魚，水面的落葉，與三株落光葉子的冬木構成三種不同的存在。這位小時候數學不靈光的孩子，他在版畫上表達數學的邏輯和隱匿定律使大數學家驚讚，伊夏擅長用他自己非常獨特的美的符號。文學家也一樣，能成功掌握自己美的符號，就是一流的手筆。

祖慰本是學理工的，他自稱自己的文學是「騾子文學」；文與理雜交的文學，他獲得四次中國作協舉辦的全國文學獎，臺灣佛光山文學首獎，著述十餘種，曾任湖北省文協副主席，現任歐洲華文作協副會長，《歐洲日報》專欄作家。

祖慰不但像拉馬丁如海綿吸收各世紀各年代作家的墨水，然後再傾吐出來，他更像伊夏運用獨特美的符號，來經營自己的天地，他獨特的文風讓人想到巴特農神廟，羅浮宮，凱旋門，一種穩固的，不消失在時光浪潮中的美。

文化的金字塔

英國作家史谷特（Sir Walter Scott）被形容為現代文學史上的一位大人物，他是知名的學者，對中古時期的文學十分雅好，又有精闢深入的研究，他博聞強記，對十世紀至十八世紀歐洲的歷史瞭如指掌，他每日破曉即起床寫作，終其一生完成了三十餘部長篇巨幅的小說，震撼了英國文壇，除了莎士比亞再沒有人像他塑造那麼多世界眾生相品類各殊的人物。

而莎士比亞以卓越的文才，匠心獨運的奇構異想塑造他戲劇中的角色，在他那座金字塔裡藏著最豐富的寶藏——他不朽的劇作。不只像《亨利五世》中戰爭號角吹起，英國人同心協力築起那座精神碉堡，而是如莎士比亞自己詩句所形容：

O for a Muse of Fire, That Would Asend the Brighted Heaven of Imvation.

獲得天神的邀請，躍登入一座藝術的博物館。

一座輝煌的藝術博物館；一座文化的金字塔。祖慰以「思上之思」包括《雲中綠綺》、《破譯泰戈爾》、《大智之源》、《尖端乃常規之和》、《吹皺一池春水》、《迷人的背反》、《迷宮，精神迷宮》、《由人體美所集成的》八題，像核爆炸的中子，炸開了讀者的智慧核。

愛和美的極致，對宗教的虔敬是人類最激越非理性狀態，卻是最傑出創作的泉源。

面對一泓沈寂的湖面，沒有流盼的星辰，早失落了昔日風韻，因一陣清風吹起萬種情致，湖面突然有了生機，而悟出人類蒼老的智海，如果設法吹進一點什麼也能倏然回春。

現代的飽學之士在自造多元文化中迷失了，就像鑽進了迷宮，雖有挑戰性，又有找不出出路的焦慮……

《在對游俠的游想》一文，祖慰所稱「黑白相間的灰色國粹；俠文化」他說：「幾千年來，中國皇權時代以儒為白道，以盜賊反逆為黑道，在黑白兩極之間有個很寬綽的灰色帶，那就是俠道。」他不止因為「為儒、為道、為釋（佛），都有汗牛充棟的文字立論，為俠卻沒有。……」而以這篇文章為俠文化立論，他還根據歷史、小說演繹出俠的「圖式」，但更精彩是祖慰生動、細膩的文字素描：

……是草根性的大碗喝酒、大塊吃肉的庶民之輩。……有儒的自視甚高的經世精神，自認為天降大任於他們可助知己的王公貴族去救國，去「清君側」，可助受蹂躪的弱民討回公道。……

在祖慰洋洋灑灑大塊文章中，「俠」羅貫古今中外除了《史記》的《游俠列傳》，這篇對俠文化的立論足以令人嘆為觀止，這篇文章在報上刊出時曾引起回響，因其趣味性濃厚，也因內容豐富，精引博採。

《史記》上有一段孔子去見老子向他請教「禮」的記載，孔子歸來對學生說，「我知道鳥會飛，魚游水中，獸奔走大地，走獸可以用網來捕捉牠，魚可以用綸垂釣，飛鳥可以用弓箭射牠，至於龍如何馳風駕雲飛上青天我就不知道了，我今天見到老子覺得他就像龍。」

我無意引用這段文字記載來形容祖慰，祖慰雖在自己所戲稱的「騾居」面壁，卻與老子潛藏避世不同，只是巴黎之友們談起他的博學多聞，真知灼見，治學的嚴謹與功力，獨特的文風，就會聯想《史記》這段記載。

——一九九五、三、五·世界周刊

寂寞異鄉客

有兩隻野鴿
停在我臥室窗臺上
咕咕地叫，
陽光透過
刺花的白色窗簾，
留下印花似的
痕紋……
雖已是
五月豔陽的天氣，
我依舊有種
說不出的
寒意。

南方的薔薇

望著舷窗外掠過的浮雲與飛鳥都幻化成一團霧，蒼茫的暮色逐漸佔領了海面……杜芳在鋼琴上彈奏著小史特勞斯《南方的薔薇》，伴奏是管樂與弦樂組成的小型樂隊。遊輪上的賓客正在用晚餐，喧譁的談笑聲淹沒了優雅的樂聲……

妳在地中海遊輪上用過晚餐嗎？那情調真好，如果是在月光下的海面上，一定能觸動妳寫出另一篇美的散文，我在遊輪上負責鋼琴演奏，妳來，我將為妳演奏小史特勞斯《南方的薔薇》。

——杜芳

我的手提包裡依舊珍藏杜芳的邀請函，認識杜芳也有七、八年了，她由巴黎音樂學院畢業，主修鋼琴，她是在結束一段不幸婚姻後才出國進修，在臺北她任職於國中，是資深的音樂老師，在巴黎音樂學院畢業時，她是班中最年長的學生。

「那時，我已進入不惑之年，一切還得重新開始，幸好，我教了多年音樂，存夠了經驗，也有點積蓄，在巴黎音樂學院進修期間，我一直半工半讀，課餘時教鋼琴，才能維持我在巴黎昂貴的生活費用……」

「我的兒子今年在德州大學獲得博士學位，他來信說，唸書太辛苦了都感到自己老了，他說我勇氣可嘉……」走在香舍里榭大道上，杜芳對我娓娓道來，她外形清瘦纖弱，卻有一顆堅強的心，一般中國女人面對婚姻的不幸就容易陷入情緒的低潮，消沈，消極，逃不出命運籠罩下的陰影，杜芳卻不一樣。

《南方的薔薇》結束了最後一個音符，杜芳起身向賓客躬身謝幕，賓客中疏疏落落響起掌聲，而譁笑聲依舊，就好像這類的演出只是晚餐的助興。

杜芳坐在我對面，點了一份簡單的餐點，燈光下白髮依稀，一襲青灰色的晚禮服使她看起來像一幅莊嚴的肖像，她一面用餐，兩行清淚就跟著滾落在餐盤上。

「我畢竟不年輕了，這類演出並不需要多少才藝，當遊輪老闆和我簽合同，我簡直認為是奇蹟，在獲選人中都是比我年輕漂亮的……」

「世上所謂知音畢竟很有限，不過我仍然期望我的演奏也能贏來幾聲鼓掌，幾許共鳴……下面的節目我將不彈蕭邦的曲子，我準備彈幾首輕鬆的清唱曲……」

自地中海遊輪上的晚餐後，我已有半年沒見過杜芳，聽說她已辭去遊輪上演出，收了幾名學生，生活相當清苦，不過了解杜芳的朋友都知道，杜芳在怎麼樣的環境下都會堅強如昔。樂聖貝多芬晚年生活孤寂貧困，他的創作卻更深刻、細緻，進入內心豐富而複雜的世界，直到臨終前他還計劃創作「第十交響樂」和以「巴赫」之名為題的序曲……

刨花

當婉青告訴我，她的男朋友是位木匠，我的表情一定不是很自然，我的表情一定也有幾分世俗化，我為這種掩飾不住的世俗表情而感到羞愧……

婉青已三十五歲了，還是一位待嫁閨女，不過她擁有三十五歲女人最好的條件，她是大學講師，即將升為副教授，有一份穩定的收入，她雖不是花朵模樣的女人，但健康活潑，經常將笑容掛在臉上。

「妳一定得見見他，見了他之後再將妳對他的印象告訴我。」婉青說。

在操縱電鋸旋轉的刺耳聲中，我們進入婉青男朋友工作的工廠。

「他是鳴洪……」婉青介紹時將聲音提到最高，鳴洪就擱下電鋸來招呼我們。他有一張藝術家般憂鬱的臉，雖然穿著工作服，仍然有種藏不住的書卷氣，他看起來似乎三十歲不到。

「他真是位木匠？」走出工廠，我問婉青。

「木匠是他在工廠的職位，他是雕塑家，他的家裡全是他雕塑的作品，我覺得他很有才氣，他才二十九歲，比我小六歲，他是藝術學院畢業的，但就法國目前失業的驚人數字看來，要找一份謀生的工作並不容易……」婉青的表情突然變得十分嚴肅。

我臥室有架老式的鋼琴，鋼琴四隻腳高低不齊，婉青要鳴洪帶了電鋸為我刨平。

電鋸刨出一層層的刨花，

「這刨花，仔細看來也像是一層層的圖案、每當刨木刨出一層層連接不斷的刨花，我就會想起沐浴在夏日午後金色陽光裡，那種自憐和傷感，以及鄉愁的情緒，彷彿像孩子吹出的肥皂泡沫，五色繽紛一閃，然後就不見了……」鳴洪低低地對婉青說。

一層層的刨花發散出舊木的香氣。

有兩隻野鴿停在我臥室窗臺上咕咕地叫，陽光透過刺花的白色窗簾，留下印花似的痕紋……雖已是五月豔陽的天氣，我依舊有種說不出的寒意。

霎時的印象

印象主義者認為藝術家的任務是將生活周圍的世界獲得的主觀印象描繪出來，那印象是偶然發生的，瞬息間的，所以要借助藝術豐富的技巧。印象派的畫家是專門描繪光度、雲靄、泉水、天空的大師……

我對自然主義並不排斥，甚至被喻為「野獸派」的大師畢卡索的某些畫我仍然接受。譬如他「粉紅色時期」與「藍色時期」的畫，這段時期他以顏色來表現內心的語言，尤其藍色時期著筆都是以窮苦眾生為題旨，格外感人。但對印象派的畫，我總是以讀一首詩的心情來欣賞……

梵音也特別欣賞印象派大師的畫，所以兩人相處時話題總離不了印象派，有時也約好一起去達塞博物館觀畫。

梵音年過四十，卻依舊是位單身女貴族，朋友關心她婚姻大事，有的還誠意要為她介紹對象，或鼓勵她參加社交場合，能在多方面尋找機會，這些全為梵音一一婉拒了。

其實像梵音那樣的人，是不必擔心沒有對象的。她雖已步入中年，卻是位相當迷人的女子，她膚色好，身段依舊婀娜動人端莊高雅，她是位藝術家，但在實際生活中她也應付自如，她有份可以謀生的事業。

但梵音依舊曲高和寡，將自己的年華交給流水……

朋友間經常傳頌動人的愛情故事，梵音永遠沒有故事……

「婚姻只是紙上的誓言，一定要用婚姻來栓住兩顆心嗎？不是我對婚姻有成見，婚姻是人類兩性關係最好的制度，但我沒這份福氣，我愛的人是一朵美麗的浪花，一個水泡似的夢，只有霎時，沒有永恆……」梵音幽幽地說，我們就駐足在達塞博物館莫內《午餐》巨幅畫前。

「我們相愛，但沒有海誓山盟那類的誓言，一個故事從沒開始就已經結束了。」

「梵音，其實那故事已經開始，而永遠沒有結束，就以印象派大師來說，他們捕捉霎時的印象，以豐富的藝術技巧表達出來，那一瞬間就成了永恆。」梵音驚詫地回望我，神色逐漸和緩了，目光含蘊著感激。

世間並沒有永恆的愛情，愛情像花朵，是為了完成美的使命。

梵音早就決定將年華交給流水，可是金石之情往往也藏在像梵音這樣選擇寂寞、專一的，懂得珍惜感情的女子心中。

忍冬

臘月寒冬，牆角邊兒還疏疏落落生長一種忍冬植物，忍冬並沒有冠冕堂皇表達自己是後凋於歲寒，但畢竟耐住酷寒，綻放於這個灰濛濛、單調而缺少色澤的世界……

走進曼平巴黎的公寓，就有種特別的感覺；像象牙般光淨的質感，窗明几淨，一塵不染……一般中國人的家多少有點油煙味，中國人精於烹飪，講究美食，少有像歐美人士只吃水煮或生調的沙拉，或乾脆全套冷餐，中國人烹飪時調味品特多，又講求火候，油炒，室內飄點油煙味也是天經地義的事。

沒有炊煙，曼平廚房裡雖五臟俱全，那些廚房用具好像博物館展出的先民器物，是讓人觀賞的。

午餐時，曼平終於解開我心中的悶葫蘆，午餐桌上只有魚罐頭、麵包和中國城買回來的韓國泡菜。

「我已經很久不做菜做飯，以前漢文在的時候，孩子也小，一家人還做做菜，共同享受一頓豐富的午餐或晚餐，漢文去世，孩子大了，結婚的結婚，沒結婚的也在外頭自己租房子住，我一個孤單老太婆就懶得進庖廚了。」

「雖說不做廚事，但生活中要自己料理的事可多囉！昨天為了去補一顆牙，來回換了六趟地下鐵，老眼昏花的，又怕走錯了方向……在西方教育制度長大的孩子要他們對老人家噓寒問暖是不可能的，何況孩子也有他們的生活煩惱……」

「我願意活得像閒雲野鶴，可是就怕病痛纏身，風濕痛一發作就不堪設想，人病痛時心境特別淒涼，不過話說回來，日子還是得過，人活著就要存希望，揀好的想，不能老想自己不幸，世間比我們不幸的人不知有多少……」

走出曼平的公寓，禁不住對牆角邊兒那些忍冬花駐足流連，

上主創造這樣奇異的小花，讓它在嚴寒中盛開，總該有它特別的寓意罷！

——一九九四、七、二・新生副刊

在象牙琴鍵上

我喜愛貝多芬，
但我從來不敢碰
貝多芬的曲子，
他的曲子要留待
我琴藝爐火純青的時候，
或者我步入
人生另一種境界的
時候……

天鵝

在寧靜湖面上，天鵝正展開巨蹼，滑出如月光傾瀉在冰雪世界的白浪，那一朵朵的浪花都是天鵝這位藝術家創造的美。

這回牠不再滑浪，牠緩步踱蹀潛入水草邊岸，那神態令我想到煢然獨立的鶴，伯樂眼中的駿驥……

我聽到一位不平凡的異鄉人在哭泣，
他一直隱瞞他的國籍和名字。

這是在一八八一年被選為法蘭西學院院士，一九〇一年獲得諾貝爾文學獎的詩人普路德荷(Sully Prudbomme)《異鄉人》(*L' Etranger*)中的兩句詩。

她，這位異鄉人也隱瞞她的國籍與名字，她以「天鵝」的筆名寫書，朋友只知道她來自東歐，是政治難民，她的身世與背景也是個謎。

「她，也許來自華沙，想想那有著十六世紀色彩的老街古道，可以欣賞微絲拉河，可以尋找早年文藝復興和巴洛克建築的遺蹟，她也許是華沙大學出身的傑出人士之一……」

「她，以天鵝為筆名，一定是來自巴拉頓湖或多瑙河那些風光如畫的城市，她偶然透露過，她來自一個顯赫的家庭……」

「她，有著塞爾維亞民族熱愛宗教藝術的天性，也許她的祖先，是塞爾維亞人，十七世紀移民到 Senterdre……」朋友在閒談時對天鵝的身世有諸多的揣摩，但在巴黎這樣一座五光十色的都市裡，各樣各類的人都有，天鵝並沒有感覺到「鳳凰在笯兮，雞鶩翔舞」，她沒有自認是鳳凰被關進籠子和雞鴨共處，特別愛和同是天涯淪落的異鄉人交朋友，也特別同情巴黎下層和社會的異鄉人。

「在他們身上我看到自己，那種離鄉離國的惆悵，縱然尋找到一份可以謀生的工作，多數也是很委曲的，一位波蘭高中老師和一位捷克來的音樂家都在餐館裡打工……」

「在異鄉，我已學會了遺忘，如果人老是想到過去，過去的輝煌，過去的光榮，就會活得很無奈，一個人在他鄉做客是賓不是主，甚至連賓客所受到的禮遇都沒有，不能怪法國人將異鄉人都當成陌生人，法國人原則上說起來還是很友善的……」天鵝感慨地說。

許多作家都以異鄉人為題寫過詩與小說，卡繆的《異鄉人》，普路德荷與波特萊爾的《異鄉人》，異鄉人都像《失樂園》裡的亞當夏娃，被放逐到一個荒涼的世界，波特萊爾認為「異鄉人」是位謎樣的人物，沒有至親手足，也不懂得「朋友」這字眼的含意，不知道自己國家在那個緯度上，先將自己的身世寄託給飄遊的雲……

聖誕節天鵝邀請我們這些異鄉人在她家作客，賓主舉杯慶祝佳節，在聖誕樹五顏六色彩燈閃光中，我見到兩顆晶亮的星光，那是天鵝雙眼閃爍的淚光。

我聽到一位不平凡的異鄉人在哭泣。

「她」一直隱瞞「她」的國籍和名字。

窯中燒出亮麗的釉瓷

我的朋友萱一直在玩著一場時間的遊戲，她將時空的觀念任意摧毀、任意縫接，她將現在進行式冠上過去式或將來式，她用倒敘的鏡頭將過去時空的場景與現在生活混凝在一塊。

萱喜歡收集瓷器，更喜歡自己製造瓷，她與我談唐朝的青瓷與越瓷與聞名的邢窯白瓷。

「據說邢窯的白瓷釉色像璞玉一般瑩潔，而且輕輕敲它，還會發出很清脆的聲音……」萱說。

人類一向對死亡看待十分嚴肅，而且懷著敬意，死的繁文縟節、死的隆重禮儀也間接影響藝術，譬如埃及的金字塔，中國的唐三彩都是殉葬的藝術，俑、駝、馬是唐三彩中的精品。

我們又談起西安中堡村出土的侍女俑，那不僅釉色好，那些女子的塑形就呈現出唐代仕女豐盈的美。而西安鮮于庭海墓出土的樂舞駝俑不但將藝術溶入生活，充分發揮唐人對藝術的熱愛與豐富的想像力，也說明唐人對西域胡人的樂舞有著濃厚的興趣……

萱除了喜歡收集瓷器、燒瓷，還喜歡旅行，她去英國西南角小城，觀賞海上黃昏謎樣的景色，看著歸航的船隻泊在靜靜的港灣……她又選擇一處極北的地方，比波羅地海的盡端還要遠……

「那地方冬日的太陽不會掠過大地，日夜的輪替也不明顯，我去那裡就沒有時間的壓力……萱悠悠地說，她又玩起時間的遊戲。

「那最好的一幕已成過去，當我和史初次見面，我就有種預感，那是鏡花水月，是晨間的露珠，後來我們還是相愛了，相愛與分手都濃縮在短短幾個月之間，時間的壓力迫得我喘不過氣來，我們好像在串演一齣戲，一切都是預先安排好，情節已寫在劇本上，但我們都願意永遠是戲中的角色，但戲還是結束了……」

「就在一剎那間我要接受兩種迥然不同的情緒，豐富感與失落感，所以我決定玩起一場時間的遊戲，將史給我美好的感情永遠留在現在與將來的生活當中……」

我看著窯中燒出一個瓷花瓶，經過萱纖纖巧手，那個花瓶盡善盡美，我忍不住想，萱也是以燒瓷的藝術過程來安排她和史那段感情。

萱一直那麼專心琢磨她的藝術品，沒料到就在她移動一根錘子時輕輕碰了一下那瓷瓶，瓷瓶碎裂，前功盡棄，我心中一陣顫動，我想的是普路德荷寫的《破瓶》，就是由於偶然一碰，瓶就有了裂縫，瓶中的水已流乾，詩人發出哀鳴似的警語：「不要碰它！它已破碎！」就像情人的手一撫心尖，它也會發出鑴心的刺痛，然後心就碎裂了，情感的花朵也凋萎了……

「沒關係，我會再燒一個……」

在收拾碎片時萱一點都沒有懊惱。

在象牙琴鍵上

貝多芬十六歲和莫札爾特見面，他聽了貝多芬的鋼琴演奏就預言他日後必成為音樂界的頂尖人物。

名鋼琴家卡爾・切爾尼回憶他十歲初見貝多芬時：「這是一間四壁空蕩的房間，到處是廢紙和衣物，屋內擱著幾隻箱子一張舊椅子充當琴凳，只有鋼琴是當時最名貴的牌子；渥爾特牌……」

貝多芬這位樂聖終生未娶，孤單，窮困，耳聾後他再也聽不到遠處悠揚的笛聲，牧童的歌聲，他一度想到死，但讓他依然留戀人間，不忍輕易撒手人寰是內心強烈的創作慾。

我們的朋友盧是位鋼琴手，那年我們在旅途中結識他，大家共遊 Wiltshire 公園，面對春日那片山杜鵑，那座磚砌的古橋，那片鏡一般的湖，盧說他真想有架鋼琴讓他即興彈首曲子……

「我喜愛貝多芬，但我從來不敢碰貝多芬的曲子，他的曲子要留待我琴藝爐火純青的時候，或者我步入人生另一種境界的時候……」

「什麼是人生的另一種境界呢？」

「我不知道，就以貝多芬來說，他孤單，窮困，遭受耳聾的打擊，命運對他關起大門，但有另一扇門始終是敞開的，那扇門通向他內心豐富的音樂世界……」盧說。

貝多芬雖一生未娶，但也流傳過神祕的愛情故事，譬如他的曲子《獻給愛人——給愛麗思》是誰？他的《月光奏鳴曲》據說是獻給一位伯爵夫人……後來根據學者梅納德的證實，貝多芬不朽的愛人是安東尼・布萊塔諾，她嫁給貝多芬的友人後離開維也納，住到法蘭克福，從此未再與貝多芬見面，但終其一生布萊塔諾不斷收集有關貝多芬生平事蹟……

盧始終沒有明確地解釋什麼是人生另一種境界，屈原寫《懷沙》時雖在滔滔孟夏，草木莽莽的時節，他獨自走向南方，心中懷著無比的沈哀，司馬遷說：「於是懷石，遂自投汨羅以死。」必是根據《懷沙》的賦而來的。

屈原的死是懷抱采瑾，手握美玉，讓生命在無比的悲沈與無比崇高中結束。

貝多芬在遭受命運箭矢刺穿心尖的一刻，也可能選擇和屈原同樣的死，但豐富的創作生命將他留在人間，他的每一樂章，每一個音符都有一種生命的含意，不要嘆「玄文處幽兮，矇瞍謂之不章，離婁微睇兮，瞽以為無明。」不論同代又或後代人聽了貝多芬的樂章都會懷著嚴謹的心情，因為那是敲響生命的韻律。

還是貝多芬那架琴，渥爾特牌的，在象牙琴鍵上流出涓涓的音符，一代又一代，綿綿不絕。

——一九九五、七、十九・新生副刊

三民叢刊書目

㉖作家與作品　謝冰瑩著
㉗冰瑩書信　謝冰瑩著
㉘冰瑩遊記　謝冰瑩著
㉙冰瑩憶往　謝冰瑩著
㉚冰瑩懷舊　謝冰瑩著
㉛與世界文壇對話　鄭樹森著
㉜捉狂下的興嘆　南方朔著
㉝猶記風吹水上鱗
・錢穆與現代中國學術　余英時著
㉞形象與言語
・西方現代藝術評論文集　李明明著
㉟紅學論集　潘重規著
㊱憂鬱與狂熱　孫瑋芒著
㊲黃昏過客　沙究著
㊳帶詩蹺課去　徐望雲著
㊴走出銅像國　龔鵬程著
㊵伴我半世紀的那把琴　鄧昌國著
㊶深層思考與思考深層　劉必榮著
・轉型期國際政治的觀察
㊷瞬間　周志文著

㊸兩岸迷宮遊戲　楊渡著
㊹德國問題與歐洲秩序　彭滂沱著
㊺文學關懷　李瑞騰著
㊻未能忘情　劉紹銘著
㊼發展路上艱難多　孫震著
㊽胡適叢論　周質平著
㊾水與水神
・中國的民俗與人文　王孝廉著
㊿由英雄的人到人的泯滅
・法國當代文學論集　金恆杰著
(51)重商主義的窘境　賴建誠著
(52)中國文化與現代變遷　余英時著
(53)橡溪雜拾　思果著
(54)統一後的德國　郭恆鈺主編
(55)愛廬談文學　黃永武著
(56)南十字星座　呂大明著
(57)重疊的足跡　韓秀著
(58)書鄉長短調　黃碧端著
(59)愛情・仇恨・政治
・漢姆雷特專論及其他　朱立民著

⑥⓪蝴蝶球傳奇　顏匯增著
・真實與虛構
⑥①文化啓示錄　南方朔著
⑥②日本這個國家　章　陸著
⑥③在沉寂與鼎沸之間　黃碧端著
⑥④民主與兩岸動向　余英時著
⑥⑤靈魂的按摩　劉紹銘著
⑥⑥迎向眾聲　向　陽著
・八〇年代臺灣文化情境觀察
⑥⑦蛻變中的臺灣經濟　于宗先著
⑥⑧從現代到當代　鄭樹森著
⑥⑨嚴肅的遊戲　楊錦郁著
・當代文藝訪談錄
⑦⓪甜鹹酸梅　向　明著
⑦①楓　香　黃國彬著
⑦②日本深層　齊　濤著
⑦③美麗的負荷　封德屏著
⑦④現代文明的隱者　周陽山著
⑦⑤煙火與噴泉　白　靈著
⑦⑥七十浮跡　項退結著
・生活體驗與思考
⑦⑦永恆的彩虹　小　民著
⑦⑧情繫一環　梁錫華著
⑦⑨遠山一抹　思　果著
⑧⓪尋找希望的星空　呂大明著
⑧①領養一株雲杉　黃文範著
⑧②浮世情懷　劉安諾著
⑧③天涯長青　趙淑俠著
⑧④文學札記　黃國彬著
⑧⑤訪草（第一卷）　陳冠學著
⑧⑥藍色的斷想　陳冠學著
・孤獨者隨想錄
⑧⑦追不回的永恆　彭　歌著
A・B・C全卷
⑧⑧紫水晶戒指　小　民著
⑧⑨心路的嬉逐　劉延湘著
⑨⓪情書外一章　韓　秀著
⑨①情到深處　簡　宛著
⑨②父女對話　陳冠學著

⑫① 儒林新誌

周質平 著

本書是旅美普林斯頓大學周質平教授，將其多年在國內外的華文報章上所發表的四十多篇論述雜文結集成冊。書中呈顯出所謂海外學人的千般樣態，嘲諷中不失幽默，值得您細心體會。

⑫② 流水無歸程

白樺 著

大陸知名作家白樺繼《哀莫大於心未死》之後又一本長篇小說。他的書取材是當代的，是改革開放後大陸所面臨的經濟文化與人慾的衝擊。書中的人物如高幹、富商、少女、情婦、歌星等，在金錢的誘惑下，一一呈顯出深沈黑暗而扭曲的人性面。

⑫③ 偷窺天國

劉紹銘 著

善人走完了人生路途上天國，會幸福到什麼程度？天國的幸福，會不會只是塵世快樂的延續？在本書作者引領之下偷窺天國的結果，是否會發覺天國的無趣？永恆實在可怕，幸福和快樂如果遙遙無盡期，一樣會變為無聊、乏味。天國，是否就在當下。

⑫④ 倒淌河

嚴歌苓 著

屢獲各大報文學首獎的嚴歌苓，繼《陳冲前傳》、《草鞋權貴》後又一本小說新著。內容包括十個短篇及一部中篇〈倒淌河〉。全書無論在寫景、敘事或對話，都極老練辛辣，辣得幾乎教人流出淚來。

⑫⑤ 尋覓畫家步履
陳其茂 著

出國旅行，是許多人心神嚮往的事。而世界各著名的美術、博物館，更是文人雅士們流連佇足之所。與其走馬看花、對大師們的作品僅留浮光掠影，淺嘗輒止；不如隨著畫家陳其茂教授的引領，在其敏銳且情感深致的筆觸下，一起尋覓畫家們的步履。

⑫⑥ 古典與現實之間
杜正勝 著

在古典與現實之間，一幕幕動人心弦的故事正激盪著你我的心。古典的真貌在不斷的探索中漸漸澄澈而透明。而現實的我們且懷著古典的情愫，在史學家杜正勝院士古典新詮的筆下，淺嘗歷史的滋味。

⑫⑦ 釣魚臺畔過客
彭歌 著

北京釣魚臺之盛名，並非全因這片神祕的迎賓貴地，而是在於它的歷史背景。是緣的牽引，將離去故都半世紀的作者引入這神祕的釣魚臺賓館……本書作者以纖細的筆觸，將自己多年飄泊生涯中的聞見感想，一幕幕真實清晰地展現在您眼前。

⑫⑧ 古典到現代
張健 著

涵泳於中國文學數十寒暑而樂此不疲的張健教授，在本書中除用粗筆勾勒歷代文學抽象的思潮外，更以細筆描述陶淵明、杜甫、孟浩然、王國維、魯迅、張愛玲……等文學家具象的風格與作品。篇篇都以作家的詩文為其依據，引領讀者一覽文學之美。

⑫⑨ 帶鞍的鹿

虹影 著

由一幅帶鞍的鹿畫中，牽引出一樁奇異的命案，主角和死者有著什麼樣的糾葛？帶鞍的鹿畫中又暗示了什麼樣的命運？

作者以其深沈的筆調，藉著本書各篇小說，帶領讀者走向人類心靈的深處，去探索深藏於內心的桎梏。

⑬⓪ 人文之旅

葉海煙 著

本書作者以「人鏡」自任，用經世的情、關懷的筆，鏡映出人文百態。全書集結作者對自我、社會和文化等面相的諸多觀察及反思。一字一句，皆為知識分子的圓融智慧與淑世熱忱；一言一語，盡是紛乘社會的暮鼓晨鐘。

⑬① 生肖與童年

小民 著
喜樂 圖

十二生肖在每個農曆新年來臨時，都為年節的歡樂帶來一股高潮。這些可愛的動物們，為童年的生活增添了無限的趣味。本書紀錄了作者對於十二生肖的情感，和童年難忘的美好時光。加上喜樂先生細膩的插畫，讓生肖與童年的故事，一一鮮活起來。

⑬② 京都一年

林文月 著

京都是一個新舊互容的都市，有著高樓矗立及寬敞的街道，又存有古典風味的低矮木屋與不平的石板路。作者在京都的一年中，品味著這古都對文化保存、人情往來及文藝活動的諸般樣態，藉由她的生花妙筆，使讀者沈湎於京都典雅、優閒的情調。

⑬ 山水與古典

林文月 著

山水景致，勾起了幾許文人的多愁善感；而古典文學，又蘊含著多少古人的人生情懷。

本書探討著古典作品和詩人之間的關係。筆調輕鬆而不輕浮；題材古典絕不枯燥。且邀您一同進入詩人的筆墨之間，翺遊在山水作品的世界裏。

⑭ 冬天黃昏的風笛

呂大明 著

旅居法國的作者呂大明女士，以其一貫典雅柔美的風格和精致細膩的筆觸，表達出她對生活、自然的樂觀態度。她如詩般的作品，彷如一幅幅精美瑰麗的圖畫，靜靜地訴說著對美好人生理想的浪漫情愫。

⑮ 心靈的花朵

戚宜君 著

本書作者一生從事文化的傳播工作，積累數十年的工作經驗及閱讀習慣，創作出一篇篇詞美意深的勵志散文。除了用以傳達理性的知識和感性的情懷外，並深切期望本書能敲開你的心扉、溫暖你的心靈，進而耕耘你的心田，綻放出美麗的心靈花朵。

⑯ 親 戚

韓 秀 著

人間真情不分種族國界；世間的溫暖存在每一角落。

在有風有雨的日子裡，亦或在恬淡如鏡的歲月中走過，是否有如詩般美麗的故事令人難以忘懷？是否忘了去感激那些曾經陪著你、關懷你的人呢？靜下思慮，就讓韓秀的慈心慧語洗滌你久未感動的心。

⑬⑺ 清詞選講

葉嘉瑩 著

清詞之盛，號稱中興，其作者之多、流派之盛，以及其對詞集之編訂整理，對詞學之探索發揚，種種方面之成就，固已為世所共見。作者以其豐富的文學涵養，旁徵博引地賞析其所鍾愛的清詞，相信定能讓讀者流連忘返於清詞的世界中。

⑬⑻ 迦陵談詞

葉嘉瑩 著

本書為以詩詞涵養享譽國內外的葉嘉瑩教授，繼《迦陵談詩》之後又一精緻力作。從詩歌欣賞入門到分析溫韋馮李四家詞風，兼論晚唐五代時期在意境方面的拓展等，作者以其細膩的詩心，帶領讀者一起感受詞中的有情天地。

⑬⑼ 神樹

鄭義 著

曾以《老井》獲東京影展最佳編劇的作家鄭義，在因八九民運遭當局通緝而流寓異國之後，他以一個村落、一棵「神樹」，具體而微地映現當代中國的重重劫難。形象化的語言，原始潑辣的書寫，在魔幻詭麗的背後，透露出對生命與死亡的真實關懷。

⑭⑽ 琦君說童年

琦君 著

每個人都有童年，不管是苦是樂，回憶起來都是甜美的。善於說故事的琦君，與您一起分享她魂牽夢縈的故鄉與童年。篇篇真摯感人，字裡行間充滿了愛心與情義，在欣賞琦君的散文之餘，更別有一番溫馨感受，是一本老少咸宜的好作品。

⑭ 域外知音

張堂錡 著

本書作者張堂錡先生歷年來針對世界各國知名漢學家進行訪談，透過感性的筆觸，生動的文字敘述，道盡了這群域外知音漢學研究生涯的甘苦，因這一路執著不渝的採拾和耕耘，呈現繽紛絢麗的色彩，並給予中國人新的研究觀點，重新檢視自己的文化。

⑭ 遠方的戰爭

鄭寶娟 著

當地理上應該是遠方的戰爭，而我們已能同步掌握其狀況時，地球村的思維方式已不是口號，而是現實。以更宏大的視野看待這世界，以更深入的態度反省既存的觀念，將曾經事不關己的遠方納入思維，於是你會發現心可以更寬廣，生活也會更豐富。

⑭ 留著記憶・留著光

陳其茂 著

作者的刻畫世界總讓人有無盡想像的空間，又傳遞著溫馨美麗的情感。此書收錄作者生活及其於國外遊歷時所記下的作品，點點滴滴，時而讓人會心一笑，時而讓人溫情滿懷，更有異國風光、園野之美呈現在版畫及真摯的文字裏，值得細細品味。

⑭ 滾滾遼河

紀剛 著

那是個遙遠的年代，那是個古老得近乎神話的故事。大時代的洪流中，上演的是一幕幕民族興亡、兒女情長。今日的人們也許早已淡忘，但歷史永遠不會忘記他們。就讓本書來為你溫習，屬於那個時代的中國人以血淚寫成的不朽傳說。

⑭⑤王禎和的小說世界

高全之 著

以〈嫁妝一牛車〉、〈人生歌王〉等小說及劇本著稱於世的王禎和，擅長描繪臺灣社會中的倫常、愛情，以及患難互助的友情，筆觸真實感人，在臺灣文學史上有很重要的地位。本書以專業的分析及討論，帶您進入這位文學巨擘的筆下世界。

⑭⑥永恆與現在

劉述先 著

本書為當代思想泰斗劉述先教授，繼《哲學思考漫步》之後又一結集力作。透過文字，讀者不僅可以了解作者如何通過自己的哲學理念去面對當前政治社會的現實；更有甚者，也可在作者哲學思路的引領下，重新思考，再對現實有深一層的體悟。

⑭⑦東方・西方

夏小舟 著

東方古老神祕而透徹，溫情而淡漠；西方快樂的吉他演奏悲情的歌。長年浪迹於日本與美國的作者，如同一葉小舟，以其豐富的情感，敏銳地觀察異國生活情趣不同面貌，進而以細膩文筆記錄下來，使讀者能藉由閱讀和其心靈有最深切的契合。

國家圖書館出版品預行編目資料

冬天黃昏的風笛／呂大明著.--初版.
--臺北市：三民，民85
面；　公分.--(三民叢刊；134)
ISBN 957-14-2447-1 (平裝)

855　　85009430

國際網路位址　http://sanmin.com.tw

著作人　呂大明
發行人　劉振强
著作財產權人　三民書局股份有限公司
臺北市復興北路三八六號
發行所　三民書局股份有限公司
地　址／臺北市復興北路三八六號
郵　撥／〇〇〇九九九八一五號
印刷所　三民書局股份有限公司
門市部　復北店／臺北市復興北路三八六號
重南店／臺北市重慶南路一段六十一號
初　版　中華民國八十五年十月
編　號　S 85334
基本定價　肆　元
行政院新聞局登記證局版臺業字第〇二〇〇號

ISBN 957-14-2447-1 (平裝)